ÉDOUARD 1990

I0634950

MÉMOIRES

DE

SAINT-FÉLIX.

578

Y2 31615

Toutes les formalités voulues par la loi ayant été remplies, je poursuivrai tout Contrefacteur.

Imprimerie d'A. Beraud.

MÉMOIRES
DE
SAINT-FÉLIX,
OU
Aventures d'un jeune Homme
PENDANT LA RÉVOLUTION;

PAR R.-J. DURDENT.

TOME TROISIEME.

PARIS,
CHEZ ALEXIS EYMERY, LIBRAIRE,
Rue Mazarine, N°. 30.

M. DCCC. XVIII.

31615

MÉMOIRES
DE
SAINT-FÉLIX.

CHAPITRE XXVI.

Retour de nos Amis. —La mort d'un Sage.

ON me permettra de ne dire que peu de choses du nouveau Gouvernement. Qui n'a pas connu les saturnales de cinq potentats républicains, dont le faste indignait les anarchistes, et faisait sourire de pitié les gens de bien ? qui ne connaît leurs scandaleux débats; la cour de l'un, semblable à une maison publique de la plus mauvaise espèce ; les efforts de celui-ci pour devenir patriarche d'un nouveau culte ; l'arrogance de celui-là, et les ridicules prétentions de tous ? Pauvres mannequins qui, sentant qu'ils étaient hués, même de la canaille, auraient fait oublier, s'il eût été possible, les stygmates du crime imprimées sur leurs fronts, à force de se rendre petits et ridicules ! Ils se disputèrent, se proscrivirent pendant quatre années:

Puis survint un meilleur larron,
Qui saisit maître Aliboron.

Tel est le précis de leur histoire, sur laquelle je serai forcé de revenir quelquefois, à l'occasion des événemens particuliers que je raconte, et dont je reprends le récit.

Angélique était depuis plusieurs mois la plus heureuse des mères, lorsque nous obtînmes un surcroît de félicité par le retour de M. Lormeuil et de sa charmante épouse. A la vérité, cette joie fut mêlée de peines par la suite, comme elles le sont à peu-près toutes ; mais songe-t-on à la possibilité d'un avenir funeste, lorsque l'on se croit au comble du bonheur !

Nous étions un soir dans le salon avec le bon Harmand. Angélique avait desiré avec ardeur nourrir sa fille : je m'y étais opposé, en alléguant la délicatesse de la santé de la mère ; bien que j'eusse peut-être encore quelque motif que je ne mettais pas autant en évidence. Quoiqu'il en soit, d'un commun accord, nous avions résolu qu'on éleverait l'enfant sous ses yeux. La petite Elisabeth, après avoir reçu tous ces soins maternels qui donnent en quelque sorte à une jeune et belle femme un caractére sacré, dormait alors, surveillée par sa nourrice. Angélique nous charmait, Harmand et moi, par son beau talent sur la harpe. Tout-à-coup, un domestique m'annonce d'anciens amis, qui ont désiré ne pas se nommer.

— « Puisqu'ils sont des amis, qu'ils approchent, » dis-je; et au même instant madame Lormeuil a volé dans mes bras. Son mari l'accompagnait; sa santé était très-altérée; mais je dois dire qu'Eléonore nous parut à tous d'une beauté ravissante. Au reste, Angélique avait elle-même trop de charmes, pour que ceux de madame Lormeuil altérassent la franche cordialité avec laquelle elle l'accueillit.

« Béni soit, m'écriai-je, l'indéfinissable sentiment que l'on appèle amour du pays natal, puisqu'il vous ramène l'un et l'autre vers nous ! »

— « Vous nous voyez encore en habits de voyage, dit Lormeuil. Il faut en effet que le sentiment dont vous parlez ait bien de la force, puisqu'il nous ramène en France, à une époque telle que celle-ci. »

— « Croyez, ajouta sa femme, que l'amitié a eu part aussi à notre résolution. »

Ils nous donnèrent des détails fort simples, mais qui renfermaient une circonstance touchante et douloureuse.

Déterminés à fuir un sol ensanglanté, ils étaient parvenus à obtenir des passeports pour la Suisse, non sans peine à la vérité; mais enfin ils les avaient obtenus. Lormeuil étant marié ne se trouvait sujet à aucune réquisition; et son petit Louis, âgé de cinq ans tout au plus, était bien éloigné de l'âge où il eut été soldat. Ils purent donc partir; et, sur les bords du Lac de Constance, Eléonore se fortifia dans le paysage par des études qu'interrompaient seulement ses soins pour ses enfans. Hélas! la peine est sans cesse près du bonheur pour nous autres faibles créatures! Une maladie de quelques jours mit au tombeau sa fille chérie. La pauvre petite expira lorsque, son intelligence devançant son âge, elle avait déjà senti pour ses parens toute la tendresse qu'ils méritaient de sa part. Cette perte rendit insupportable à Eléonore le pays qu'elle habitait. Son mari, toujours disposé à partager sa manière de voir et de sentir, consentit volontiers à rentrer en France. « Nous y aurons sans doute des nouvelles de ce cher Saint-Félix, » se dirent-ils ; et dès leur arrivée, ils en allèrent demander à notre notaire commun. Il leur apprit mon retour, mon mariage, et leur indiqua notre demeure.

Angélique s'aperçut que tous deux, et surtout madame Lormeuil, désiraient savoir comment j'avais formé ma nouvelle union. Elle prit pour disparaître le prétexte naturel d'aller voir son enfant, et de donner des ordres relatifs au souper. Dès qu'elle fut partie, Eléonore me dit : « Tout m'annonce que vous avez fait un excellent choix, et qu'Elisabeth est dignement remplacée. »

Il y avait bien quelque petit reproche dans ces paroles ; mais je savais que les femmes sont inflexibles, avec raison, sur le chapître de la fidélité. Je lui répondis : « Jugez-moi ; » et aussitôt, avec les restrictions convenables, je lui racontai l'histoire de mes liaisons avec Angélique. Eléonore fut touchée des soins qu'elle avait eus de M. Pyrmont, et parut très-disposée à former avec elle une amitié intime. Je lui donnai l'assurance que rien ne pourrait me causer une plus vive joie; en effet, deux jours étaient à peine écoulés, qu'elles furent inséparables.

Un heureux hazard fit qu'il se trouva un appartement à louer dans notre maison : Lormeuil l'arrêta ; et bientôt les deux ménages n'en formèrent à-peu-près qu'un seul.

Cependant, au milieu de nos plaisirs domestiques, nous étions sensiblement affectés par le déclin de la santé de Lormeuil. Il me prit un jour en particulier, et me dit avec un sentiment que je n'oublierai jamais : « Cher Saint-Félix, je bénis à toute heure du jour la résolution que nous avons prise de revenir à Paris ; car, du moins, je ne laisserai pas ma femme et mon enfant sans appuis sur la terre. Songez, mon ami, à protéger bientôt la veuve et l'orphelin. »

Je me récriai ; mais il m'assura qu'il était atteint d'une maladie interne, contre laquelle toute la science de la médecine échouerait. « Sous un mois, me dit-il d'un ton ferme, je n'existerai plus. » Aussi éclairé que courageux, Lormeuil disait la simple et pure vérité. Un des meilleurs médecins de Paris, où l'on en trouve tant du plus rare mérite, fut consulté secrètement par Angélique et moi. Il nous confirma les pressentimens funestes de notre ami.

« Tout ce que je désire, me disait souvent Lormeuil, c'est que ma fin prochaine n'altère en rien la santé d'Eléonore. C'est à vous, mon ami, et à votre charmante épouse, de lui procurer toutes les dissipations nécessaires. Elle perdra fort peu, sans doute, à ma mort : depuis quelque temps je ne suis guères pour elle qu'un inutile fardeau, et je vous avoue que cette pensée, dont j'ai souvent été tourmenté, me rend moins pénible en cet instant le sentiment de ma fin prochaine. »

Quand il vit que son état empirait de jour en jour, il me supplia, en présence d'Angélique, d'annoncer sans détour à sa femme qu'il allait bientôt cesser de vivre. « C'est un triste soin dont je vous charge, me dit-il ; mais Eléonore recevra avec moins de peine de vous que de tout autre, cette communication inévitable. »

Elle entra en ce moment. « Ma chère, lui dit-il, j'ai une grâce à vous demander: M. Saint-Félix reconnaît la nécessité que vous preniez un peu l'air. Allez tous deux faire une excursion hors de Paris, à Saint-Cloud par exemple : vous y aurez des souvenirs touchans. L'excellente madame Saint-Félix veillera sur notre enfant, comme sur le sien même. »

Eléonore céda à nos instances réunies, et comprit que ce petit voyage devait avoir un motif.

Nous parlâmes peu d'abord : enfin je m'acquittai des fonctions difficiles dont j'étais chargé. Madame Lormeuil avait une trop belle ame pour ne pas être fort touchée; mais elle m'avoua que je ne lui apprenais rien qui la surprît. Ses propres observations lui avaient appris déjà que son mari ne tarderait pas à succomber.

Nous le trouvâmes encore plus mal; et deux jours après il était à l'extrêmité. Dans ce moment solennel, nous fûmes tous frappés de la force de son ame. Il n'affecta point un héroïsme suspect. « Je dois regretter la vie, nous dit-il; je quitte une femme à laquelle peu d'autres sont comparables, mais je me soumets au sort que la volonté de l'Eternel m'a réservé. Qui suis-je pour oser murmurer ? et que produiraient mes vains murmures ? »

Eléonore et Angélique pleuraient. Il me fit signe d'approcher de lui son jeune fils: je le lui présentai dans mes bras. Alors, dans un langage proportionné à son âge, il lui recommanda de toujours aimer et respecter sa bonne maman. « Tu ne perds presque rien, puisqu'elle te reste, » lui dit-il. Le petit Louis, frappé de la douleur générale, quoique l'idée de la mort n'eut pas encore pour lui un sens bien déterminé, se jeta dans le sein de sa mère, et ne répondit que par ses larmes. Lormeuil la pria de passer avec son fils et mon épouse dans un appartement voisin. « J'ai, dit-il, une affaire à traiter avec mon ami Saint-Félix; nous ne tarderons pas à vous rappeler. » Eléonore lui tendit une main qu'il approcha de ses lèvres déjà glacées : il baisa aussi avec respect la main d'Angélique, et donna sa bénédiction à son fils.

Quand nous fûmes seuls, il parut plus satisfait. « J'ai voulu, me dit-il, épargner à ma femme et même à madame Saint-Félix, dont la sensibilité m'est bien connue, le spectacle toujours effrayant du passage de la vie à la mort. »

Je lui donnai les consolations d'usage. Il m'interrompit : — Vous ne pensez pas ce que vous dites; mais jamais dissimulation ne fut plus excusable. Allons, mon ami, voici le moment de la résignation. Qu'aurait-on appris, grand Dieu ! à l'époque où nous sommes, si l'on ne savait pas mourir ?

« Je vais, ajouta-t-il, me plonger dans le mystérieux avenir. S'il est pour les ames pures un lieu de réunion après cette vie périssable, j'ose croire que je n'ai pas commis assez de fautes pour désespérer de vous y revoir tous un jour : au reste, que ce Dieu qui m'a donné l'existence dispose de moi selon sa volonté. »

Quoiqu'il parut souffrir beaucoup,

le calme peint sur sa figure ne s'altéra pas un moment : il ne perdit la parole et l'usage de ses facultés qu'au moment suprême qui arriva bientôt. Lormeuil alors fit un effort pour me dire encore une fois : « Protégez la veuve et l'orphelin ; » puis, me serrant la main, il expira.

La certitude que sa maladie était incurable, et le dépérissement graduel de ses forces, dont nous avions été témoins, contribuèrent beaucoup à nous faire supporter sa perte avec courage : nous songeâmes de plus qu'il avait eu la fin la plus douce, et nous nous dîmes avec attendrissement : « Puissions-nous mourir comme lui ! »

Ses funérailles furent simples, comme il l'avait expressément recommandé ; mais j'eus soin qu'il ne fût pas transporté à sa dernière demeure, avec cette abominable négligence, avec cette coupable incurie qui, dans ce temps-là, frappait d'indignation toutes les ames généreuses.

Deux jours plus tard, Eléonore vint avec son fils, s'établir tout-à-fait chez nous. Cette réunion nous fut très-agréable, et notre existence aurait eu de grandes douceurs, sans l'altération qui se manifesta bientôt dans le caractère ordinairement si doux, si bienveillant de notre aimable amie. Eléonore devint pour nous une énigme qui, en vérité, valait bien que l'on cherchât à la deviner.

CHAPITRE XXVII.

Plus vrai que vraisemblable.

J'ai long-temps hésité si je retracerais, avec ma fidélité habituelle, l'époque de ma vie où je suis parvenu, ou si je passerais rapidement aux événemens postérieurs. Je serais peu étonné que l'on ne me crût pas : moi-même, à l'âge que j'ai maintenant, je pense le plus souvent avoir alors fait un rêve. Ce n'est pas seulement l'incrédulité des lecteurs que je crains : il s'élève dans mon esprit d'autres inquiétudes, dont bientôt ils comprendront facilement la nature. A tout risque, je serai encore franc dans cette partie de ma narration : rien ne pourrait remplacer la lacune que je laisserais ici; et j'avoue que, si l'on me blâme, il me paraît également certain que l'on me portera quelque envie. Si cette aventure était fantastique, elle serait encore l'un des songes les plus séduisans que l'on puisse faire.

Voilà, dira-t-on, bien des précautions : elles ne paraîtront pas inutiles; mais, pour dédommager les lecteurs, je vais maintenant leur raconter les faits sans réflexions.

A mesure que le temps s'écoulait depuis la mort de M. Lormeuil, ce grand consolateur semblait perdre son influence ordinaire sur la charmante veuve de notre ami. Cependant, on devait faire cette observation essentielle, que sa mélancolie qui allait toujours en croissant, ne paraissait pas devoir être attribuée à la perte de son époux. Elle éprouvait un sentiment différent des regrets; mais quel était-il? Nous étions réduits à des conjectures; car Eléonore, discréte et devenue presque sauvage, repoussait avec une sorte de mécontentement les questions qu'Angélique et moi nous hazardions de lui adresser. Elle me témoignait surtout une sorte d'humeur qui n'était pas flatteuse, et évitait avec soin de se trouver seule avec moi. Par une singularité fort remarquable, ce qui semblait devoir m'éloigner d'elle m'inspirait de plus en plus le désir d'obtenir sa confiance, et de lui donner au moins des conseils utiles. Angélique semblait éprouver des sentimens exactement pareils; la familiarité qui s'était établie entre Eléonore et elle, le nom de sœur qu'elles se donnaient réciproquement, leur habitude de se tutoyer, offraient de grandes facilités pour qu'elle lui donnât à chaque instant de nouvelles preuves de son amitié. Eléonore ne refusait point ses consolations; mais elle s'obstinait à se taire sur la cause de son mal.

Un jour, enfin, il se passa entr'elles un événement qui dissipa tous les doutes d'Angélique. C'est ici surtout, que commence cet état de choses, que j'ai annoncé comme surprenant, et très-difficile à croire, mais que ne révoqueront point en doute ceux qui savent de combien d'impressions le cœur humain est susceptible. Les observateurs superficiels se contentent de quelques données générales, et croient le connaître. Ceux qui sont plus éclairés par l'expérience, ne s'étonnent absolument de rien. Mais j'ai promis d'être avare de réflexions; que l'on me passe celles-ci, sans qu'elles tirent à conséquence. Je vais reprendre mon récit.

Quand l'ambition dont les symptômes sont si faciles à distinguer, ne trouble point une ame, on ne peut attribuer son mal-aise secret qu'au mobile le plus universel, le plus varié dans ses effets. Nous pensâmes donc bientôt que l'amour tourmentait Eléonore; et que quelque obstacle insurmontable s'opposait à ce qu'elle manifestât ses sentimens. Il fallait que cet obstacle fût d'une nature bien extraordinaire, puisque Eléonore jeune, libre, faite pour plaire, et douée de rares talens, devait être pour tous les hommes de notre classe et de notre société le parti le plus désirable.

Angélique me dit un soir, sans détour, qu'elle la croyait amoureuse de moi. Je fus très-ému, car cette même pensée m'avait par fois occupé; mais je l'avais rejettée pour ne point paraître un fat à mes propres yeux. « Quoiqu'il en soit, continua Angélique, je veux savoir et je saurai son secret : je veux aussi que ses peines cessent. Un sentiment indéfinissable m'attache à cette étrange femme; ma tête s'exalte lorsque je songe à son malheur si peu mérité, et je ne sais de quels sacrifices je ne serais point capable en sa faveur ! »

Depuis les premiers temps de notre connaissance, Angélique ne m'avait jamais paru si résolue, si impérieuse pour ainsi dire, en un mot, si extraordinaire ; elle était redevenue pour moi, en ce moment, l'étonnante épouse du bon Pyrmont. Je l'embrassai, sans trop me rendre compte du motif qui me portait à lui donner avec une extrême vivacité cette preuve de tendresse. Elle me quitta aussitôt.

Je ne sus pas alors tout ce qui se passa entre les deux amies; mais je crois devoir le rapporter ici.

Angélique alla dans la chambre d'Eléonore : celle-ci avait le dos tourné à la porte, et, absorbée dans la méditation la plus profonde, elle ne l'aperçut pas. Angélique vit qu'elle tenait un petit dessin ; elle s'approcha sur la pointe du pied et, le cœur palpitant, regarda par-dessus l'épaule d'Eléonore, puis elle s'écria : « J'en étais sûre ! »

Quoique ce ne fût qu'un profil au

crayon, elle avait reconnu mon portrait.

Eléonore se retourna, rougit et se jeta dans ses bras, en fondant en larmes.

Une scène, aussi longue que singulière, eut alors lieu entr'elles. «Toi, ma rivale! toi! s'écriait Angélique; et lorsque loin de te haïr, je ferais, je crois, tous les sacrifices pour ton bonheur.»

» Pardonne, ah! pardonne, lui disait Eléonore: je n'ai pu surmonter....»

« Crois-tu le pouvoir un jour? » reprit Angélique. « Jamais! » répondit son amie. Elles se regardèrent: Angélique resta pensive; et, en ce moment, on vint les avertir que le souper était servi; car nous étions d'accord tous trois pour conserver, malgré l'usage, ce repas, où, libres des soins de la journée, les amis peuvent former des réunions délicieuses.

Notre situation eut été embarrassante, quoique je ne susse rien de l'importante découverte d'Angélique; mais heureusement, nous ne fûmes pas seuls. Outre les deux enfans, dont la vue nous inspirait des idées de pureté, nous avions plusieurs convives, et entr'autres Firmin. Il rendait assez ouvertement à madame Lormeuil des hommages qu'elle dédaignait. Je regardais comme un acte de vertu de ma part la facilité que je lui offrais souvent de se trouver avec elle ; mais je n'aurais pas voulu, pour rien au monde, aller plus loin, et appuyer les prétentions de ce jeune homme.

Lorsque Angélique rentra dans sa chambre, elle exigea que je me rendisse dans la mienne. Je ne lui fis aucune objection, car je n'étais pas le moins empressé des trois de réfléchir dans la solitude sur une situation aussi bisarre.

Le lendemain, une affaire très-pressée me fit sortir de bonne heure. Quand je rentrai, le portier me remit une lettre d'Angélique ; elle était ainsi conçue :

« Le moment décisif est venu, mon ami, le sort de tous trois doit être fixé aujourd'hui. J'emmène à notre maison de campagne les enfans et les domestiques. Je te laisse seul, absolument seul avec Eléonore : vous nous rejoindrez tantôt, dans l'après-midi, quand vous le voudrez. Saint-Félix, il faut que, ce soir, les plus insupportables indécisions soient terminées d'une façon irrévocable. Peut-être l'exaltation de l'amitié m'a-t-elle fait penser à tort que je serais capable d'une générosité..... Mais que fais-je ? O mon ami ! prononce. Notre législation actuelle peut briser avec une extrême facilité des nœuds... Saint-Félix, oh ! qu'en de tels momens certains souvenirs sont amers !... Adieu! adieu! à ce soir.

Angélique. »

» *P. S.* J'ai dit deux mots seulement à Eléonore pour justifier ma résolution : quelque singulière qu'elle paraisse, j'ai dû la prendre. O mon ami ! plus de doute ; elle t'aime : ou plutôt, vous vous aimez. »

Ces derniers mots accrûrent encore mon trouble. Je montai, l'ame agitée de mille sentimens contraires ; mais éprouvant par dessus tout le besoin de voir Eléonore.

Comme j'avais une clef de la première porte, je pus pénétrer jusqu'à elle, sans la déranger. Je crus que je la trouverais dans son atelier, et je ne me trompai pas; mais elle n'était point au travail. Son bras gauche, appuyé sur son fauteuil, soutenait sa tête. Elle était devant un tableau de paysage, que cette artiste, autrefois si laborieuse, n'avait encore qu'ébauché depuis plusieurs semaines.

Je lui pris la main droite, qu'elle avait laissé négligemment tomber. Elle tressaillit, et me regarda.

« Voici, lui dis-je, en lui présentant la lettre, ce qu'Angélique a laissé pour moi chez le portier. »

Elle prit le papier d'une main tremblante, et le lut des yeux avec la plus grande attention; puis, elle s'écria : « Femme incomparable! quels êtres seraient assez infâmes pour abuser de ta grandeur d'ame! »

En parlant ainsi, elle avait les larmes aux yeux, et, puisqu'il faut le dire, le sentiment que je m'efforçais de prendre pour de l'amitié, l'emportait alors en moi sur tout le reste. Je me jetai à ses pieds, en m'écriant : « Eléonore ! il est donc vrai, tu partages la passion que tu m'inspires ! »

Je crois voir d'ici quelque belle dame jeter le livre avec colère, ou, ce qui est pire, avec dédain ; et me prodiguer les épithètes de monstre, de scélérat. Je n'ai rien à lui répondre, et je prends avec respect congé d'elle.

Quant à celles qui aimeraient à ne pas me condamner sans m'avoir entendu, je vais ajouter quelques mots d'explication.

Lorsque je vis pour la première fois madame Lormeuil, sa qualité d'épouse d'un homme estimable put seule m'empêcher de concevoir pour elle une inclination très-forte. Elisabeth était libre, digne de toute mon affection, si j'osais aspirer à elle : je l'aimai ; je l'aimai avec toute la tendresse et la reconnaissance qu'elle méritait ; mais je me surpris mille fois, me disant en secret qu'une épouse telle qu'Eléonore aurait pu faire le bonheur de ma vie.

On sait par combien de vertus Angélique répara les torts de son extrême jeunesse. Je l'épousai. Cette action, que peut-être on n'aura pas approuvée généralement, donne la mesure de la confiance que j'avais en elle pour l'avenir. Mais enfin j'avais eu des torts à lui pardonner ; et, auparavant, à parler sincèrement, l'espèce d'illégitimité de ma liaison avec Elisabeth s'était offerte quelquefois à ma pensée. Les femmes seraient dans une grande erreur, si elles croyaient qu'au fond de nos cœurs, nous ne savons pas condamner ce qu'il y avait d'irrégulier dans leur conduite et dans la nôtre. Auprès de ces deux amantes, dont l'une avait eu besoin de mon indulgence, et dont l'autre n'échappait à ma censure que par mon respect en quelque sorte filial, se présentait Eléonore, Eléonore, femme sans tache, bonne épouse, excellente mère, artiste distinguée, douée d'autant de délicatesse dans l'esprit que de force dans l'ame, et possédant tous les agrémens extérieurs. Je l'aimai malgré moi, et lorsqu'elle fut libre, je fus souvent poursuivi par l'idée que j'aurais pu lier mon sort au sien, si j'avais su conserver la liberté qu'elle avait recouvrée. Mon affection pour Angélique n'était point diminuée, je me souvenais avec admiration de sa conduite lors des persécutions que M. Pyrmont avait essuyées; je me souvenais avec reconnaissance de l'amour courageux qu'elle m'avait montré en plusieurs occasions, et surtout au 13 Vendémiaire; mais quand je sus qu'Eléonore éprouvait pour moi un penchant que sa vertu même ne pouvait lui faire surmonter, il me fut impossible de résister à mon tour à celui que depuis si long-temps je ressentais pour elle. En un mot, conservant pour la mémoire d'Elisabeth la plus tendre reconnaissance, j'aimais Angélique et Eléonore. Je sais que telle n'est pas dans les romans la marche du cœur humain, mais je ne fais pas un roman; et si ce qui va suivre paraît encore plus surprenant, ce n'est pas pour moi une raison de le dissimuler.

Ce que je viens de dire me dispense de retracer le long entretien que j'eus avec Eléonore, quand elle reçut ma déclaration passionnée : j'arrive au résumé.

« Saint-Félix, me dit-elle, le devoir nous trace notre conduite : elle pourra paraître singulière, bizarre ; mais nous en trouverons la récompense dans nos cœurs. Vous m'avez conjurée de ne point vous éloigner de moi, et je n'ai que trop de penchant à ne pas repousser votre prière ; mais souvenez-vous-en, mon ami, la liaison la plus pure, une liaison telle que l'on conçoit celle qui existe entre les esprits célestes, doit seule avoir lieu entre nous. Je sais que l'on regarde comme une chimère ce que l'on appèle l'amour Platonique ; cependant, quoi de plus naturel que d'éprouver un sentiment extraordinaire dans une situation à laquelle aucun autre ne ressemble ! »

Pouvais-je être assez égoïste, assez peu délicat pour lui demander davantage ? Je soupirai, en lui baisant la main, et je lui dis : « Je le sens trop, chère Eléonore, vous avez raison, raison de tout point. » Elle reprit aussitôt, en me regardant avec tendresse :

« Sois donc pour moi plus qu'un frère, sois l'ami de mon cœur, celui qu'il a choisi et qu'il ne remplacera pas. Nous allons rassurer Angélique ; nous le devons : et, si je la connais bien, après ce qu'elle vient de faire, elle ne s'affligera pas de la part que j'aurai à ta tendresse. Tes soins seuls pour mon enfant, pour l'enfant de ton ami qui n'est plus, exigent toute ma reconnaissance. »

Je lui jurai de nouveau que mon

attachement pour son fils égalerait toujours celui que je portais à ma petite Elisabeth. « Un jour, ajoutai-je, ils pourront être plus heureux que nous. »

« C'est mon vœu le plus cher, » reprit-elle; et elle mit tant de charmes dans ce peu de mots, que je la pressai avec ardeur dans mes bras.

« Saint-Félix, ajouta-t-elle vivement en se dégageant de mes étreintes, écoutez ce que j'ai de plus important à vous dire. Supprimons pour toujours, mon ami, ces dangereuses marques d'affection. Je ne vous le cache pas: c'est à votre honneur que je confie le mien, ou plutôt ma vie; protégez-moi contre ma propre faiblesse. Si vous me rendiez coupable envers mon amie, si vous m'avilissiez à mes yeux, Saint-Félix, votre triomphe aurait aussi peu d'attrait que de durée. Je périrais bientôt, en vous reprochant de m'avoir ôté l'estime de moi-même. »

« Je te crois, lui dis-je, femme incomparable : eh bien! je te le jure, par... par ceux que nous avons perdus, par l'ombre du vertueux Lormeuil, par l'ombre de la noble Elisabeth; tu seras toujours sacrée pour moi! »

« Je suis contente, dit-elle en se levant et en me serrant la main. A présent, embrasse ta sœur, et volons rendre la paix à ton épouse. »

Je ne voudrais pas assurer que, de ma part du moins, cet embrassement ne fût que fraternel. Quoiqu'il en soit, nous partîmes dans une petite voiture où nous étions seuls. Pour rien au monde, je n'aurais pu m'y trouver avec des étrangers; et je crois qu'Eléonore pensait comme moi. Nous parlâmes pendant la route de Lormeuil, d'Elisabeth, des deux enfans, et surtout d'Angélique, dont son amie se plut à exalter les charmes et les qualités.

Quand nous arrivâmes, elle vint avec empressement au devant de nous; mais elle était pâle, et nous aperçûmes facilement qu'elle avait pleuré. Nous passâmes dans sa chambre, et les premiers mots qu'elle prononça furent ceux-ci: « Eh bien! qu'avez vous décidé de mon sort? »

« Chère épouse, répondis-je, c'est de toi que dépend le sort de tous trois. »

« Oui, de toi seule, » ajouta Eléonore en l'embrassant.

Je lui fis alors le récit de notre entretien, sans en rien dissimuler; et je conclus en lui disant:

« Comblé d'un bonheur qui m'étonne, il ne me reste qu'à m'en montrer digne, en consacrant toutes mes pensées, tous les momens de mon existence à la plus noble sœur, à la plus généreuse épouse, et à nos chers enfans, si dignes de tous nos soins. »

Elles s'embrassèrent de nouveau; je réunis leurs mains et, un genou en terre devant elles, je jurai que jamais il ne m'arriverait de chercher à changer une existence aussi surprenante, mais qui nous promettait le bonheur.

« Je sens, dit Angélique avec sentiment et dignité, toute l'étendue des sacrifices qui me sont faits: je saurai les mériter par une confiance et une estime sans bornes. »

J'ai mille fois pensé que, d'après l'ascendant d'Eléonore sur elle, Angélique aurait pu consentir à ce que ma tendresse se partageât. Je dis plus : il ne m'aurait peut-être pas été difficile de surprendre à Eléonore quelque moment de faiblesse ; mais je suis certain que le bonheur de tous trois aurait été pour jamais troublé. Eléonore serait morte dans la douleur : Angélique aurait rougi de sa lâche complaisance, et je n'eusse été nullement capable d'échapper aux remords qui m'auraient accablé. Il faut, pour admettre ces sortes d'*arrangemens*, un degré de dépravation dont, grâce au ciel, aucun de nous trois n'était susceptible. Voici pourquoi, je le répète encore, notre situation m'a semblé toujours unique.

Depuis cette explication épineuse, mais indispensable, une union, en quelque sorte céleste, succéda parmi nous à la contrainte qu'avait causée la douleur d'Eléonore. J'avoue que, plus d'une fois, il m'arriva d'envier le sort des époux Musulmans, et que j'aurais volontiers troqué mon chapeau français et même ma portion de souveraineté, par dessus le marché, contre le turban des adorateurs d'Allah. Ces pensées me tourmentaient surtout lorque Eléonore nous quittait aprés souper, pour passer dans sa chambre solitaire; mais si je péchai, ce fut, du moins, seulement en pensées. Je ne sais pas trop ce que tout autre à ma place aurait pu faire de mieux.

Si je voulais entrer dans le détail de tout ce que notre situation nouvelle offrait de doux, de délicieux, puis aussi d'un peu pénible; je consacrerais trop d'espace à cette partie de mon récit. Par une singularité remarquable, Eléonore n'était jamais moins contrainte avec moi qu'en société. Les noms de frère et de sœur, le tutoyement et une véritable tendresse exprimée dans ses regards, comme dans ses paroles, la livraient alors à des observations dont elle ne paraissait pas plus s'inquiéter qu'Angélique. De bonnes âmes, telles que l'on en rencontre partout, essayèrent de donner à mon épouse des soupçons jaloux, et comme elles le disaient, de lui ouvrir les yeux. Angélique préféra fermer sa porte à ces conseillers trop remplis de zèle, après avoir reçu leurs remarques avec hauteur. D'autres amis se hazardèrent à railler Eléonore sur ses sentimens pour son prétendu frère; elle répondit que ni son honneur, ni sa tranquillité ne dépendraient jamais de la bassesse et de la calomnie; et, comme elle était dans notre maison autant maîtresse qu'Angélique, ces seconds donneurs d'avis furent également congédiés. Pour moi, je recevais les félicitations ironiques, auxquelles je ne pus pas toujours échapper, avec un sérieux glacial qui du moins m'en débarrassait; mais j'eus surtout alors occasion de faire une remarque très-affligeante pour notre espèce. Je fus effrayé de voir combien de personnes, d'ailleurs honnêtes, éprouvent le vil et odieux sentiment de l'envie, même lorsqu'il devrait être le moins fondé. On eut dit qu'en étant heureux d'une manière si peu commune, nous enlevions aux amis intimes qui nous faisaient l'honneur de nous venir voir, une partie de leur propre félicité.

CHAPITRE XXVIII.

Aventure très-périlleuse et ses suites.

Un événement remarquable en lui-même fit éclater plus que jamais les sentimens de nos cœurs; et il eut des suites si importantes qu'il m'est impossible de le passer sous silence.

Nous étions à notre petite campagne dans le dessein d'y passer l'été, lorsque je fus obligé de revenir à Paris pour une affaire qui concernait les plus chers intérêts d'Eléonore et de son fils. Angélique me pressa de m'y rendre, et je partis dans un cabriolet avec un petit jockey d'une douzaine d'années. Il était fils d'un paysan des environs, et brûlait de montrer aux Parisiens son chapeau galonné. Telle est la raisonnable vanité de notre pauvre espèce : faute de mieux, on est tout fier de porter la livrée ; et Dieu sait combien de gens ont pensé et penseront comme mon petit jockey.

Je laissais ma famille avec plusieurs amis des deux sexes, et je devais revenir le soir. Il n'y avait donc pas une rare intrépidité à affronter, loin d'Angélique et d'Eléonore, les périls du voyage. Je partis vers dix heures du matin avec le petit Tom. (Angélique s'était amusée à lui donner ainsi un nom anglais, prétendant que son état l'exigeait ; et que si sa présence à Paris ou au village de Boulogne alarmait le Directoire, il serait toujours temps de prouver qu'il se nommait *Thomas Lefort*, natif de Meudon).

Il était onze heures du soir avant que mon affaire pût être terminée. Le temps menaçait d'un orage ; mais j'avais réussi : je voulais porter de bonnes nouvelles. J'avais la douce certitude d'être attendu avec impatience, et je partis.

A peine étais-je à l'entrée du Cours que la pluie commença à tomber. Bientôt toute l'atmosphère fut embrasée d'éclairs, et le tonnerre gronda en cinq ou six points de l'horison. Je voulais laisser Tom dans une auberge, quoique je l'eusse pris dans l'intérieur de la voiture ; mais il refusa net de se montrer moins courageux que son maître. J'avais le plus ardent désir d'arriver, certain que je n'en serais que plus affectueusement reçu par mes deux amies. Les femmes ont toujours aimé le courage, non seulement, ainsi qu'on l'a dit, par la conscience de leur faiblesse, qui leur fait désirer des protecteurs, mais, comme il faut aussi le dire, par un sentiment de générosité qui ne leur est pas moins naturel.

Nous voici donc sur le quai de la Conférence, et la fureur de l'orage ne fait que s'accroître. Par fois, les éclairs, éblouissant le cheval, l'obligeaient à s'arrêter. Tom gardait le silence, et je n'étais pas sans inquiétude. Tout-à-coup, la foudre éclate, et vient frapper à la tête le pauvre animal qui nous conduisait. Soit présence d'esprit, soit mouvement machinal, je lançai aussitôt mon chapeau en avant, et je crus voir qu'un dard lumineux suivait la route qu'il traçait dans l'air. Je dis que je crus voir, parce que le fait arriva en moins d'une seconde.

Un moment de calme et de silence succéda; mais le cheval était à terre. Je traînai plutôt que je ne conduisis Tom plus mort que vif hors de la voiture abattue en devant; puis, sans quitter sa main, je marchai vers l'autre côté du chemin. Quand nous fûmes là, je lui dis d'avoir bon courage, et que le danger était passé. Nous continuâmes aussitôt notre route, émerveillés d'être encore vivans, et n'osant respirer; comme si nous eussions craint d'attirer encore sur nous la fureur de notre irrésistible ennemi.

Pendant qu'avec assez de peine; nous cheminions sans trouver sur une route si fréquentée un seul voyageur, les plus vives alarmes remplissaient la maison de campagne.

A dix heures, Angélique et Eléonore, voyant que je n'étais pas de retour, pressèrent leur société de se mettre à table. On savait qu'il y avait chez nous deux maîtresses et pas de maître. Je m'étais plu si souvent à le répéter ! mais on n'ignorait pas que l'on faisait plaisir à mon épouse et à ma sœur en m'attendant ; on continua donc de jouer dans le salon. Quelque temps après, l'orage éclata. Il ne fut plus possible alors à mes deux amies de continuer à tenir des cartes. Elles allaient et venaient sans cesse de leurs fauteuils à la porte et aux fenêtres. Chacun chercha à les rassurer sur mon sort, en leur déclarant qu'il était impossible que je me fusse mis en route par un temps si affreux.

« Il nous a promis de revenir, il reviendra, » s'écrièrent-elles, en même temps.

La famille d'Harmand ne fut point surprise de ce cri de l'amour et de la confiance. Plus d'une fois, Harmand, circonspect, mais observateur, m'avait dit en faisant allusion à l'amitié sincère qui unissait les deux rivales : « Saint-Félix, on ferait peut-être le tour du monde, avant de rencontrer un second prodige tel que celui qu'offre votre maison. » Mais Firmin était aussi de la partie. De jour en jour, plus épris d'Eléonore et plus froidement reçu, il remarqua, non sans un extrême dépit l'excès de son inquiétude, et s'approchant d'Harmand, il lui dit assez haut :

» De la part de l'une, c'est naturel; mais l'autre! conçoit-on un si vif intérêt! »

Toutes deux l'entendirent, et Angélique, prenant son amie sous le bras, l'emmena, sans rien dire, dans la salle à manger.

Comme on ne les voyait point revenir, on alla vers elles quelques instans après : c'était le moment où le tonnerre avec tant de fracas retentissait dans toute la plaine. On les trouva se tenant étroitement embrassées et pleurant. La maison était bien garnie de paratonnerres. Ce n'était donc pas pour elles-mêmes qu'elles craignaient : rien ne fut plus évident, lorsqu'on les vit toutes deux, au moment où la foudre éclatait, lever leurs belles têtes, et s'écrier de concert : « O mon Dieu ! sauvez-le ! »

Quand Harmand me rapporta ce fait, il était encore tout ému. « Je crus, me dit-il, voir deux Anges de miséricorde, conjurant par leurs larmes pieuses, la colère de l'Eternel. O mon cher Saint-Félix ! je ne sais trop si alors je ne vous portai point envie : j'aurais donné la meilleure partie de mon existence pour avoir quelquefois inspiré un semblable intérêt. »

Firmin ne fut pas moins frappé que lui, mais le cœur de ce jeune homme admit alors l'affreux sentiment de la haine ; et nous verrons ce qui en résulta.

Elles ne faisaient attention à personne, et leur désespoir inspirait une sorte de respect, qui empêchait que l'on n'approchât d'elles. La société entière resta ainsi pendant une demi-heure, sans qu'Eléonore ou Angélique changeât d'attitude. Quelques personnes rentrèrent dans le salon. Firmiu marchait à grand pas près d'Harmand qui, le voyant rougir et pâlir tour-à-tour, l'observait en silence.

Tout-à-coup on entendit le son de la grosse cloche. J'étais parvenu enfin avec Tom à la grande porte de la cour ; une douzaine de cris se font entendre : « C'est lui ! le voici ! » et on s'empresse de toutes parts ; car nos domestiques, traités, selon le touchant conseil d'un ancien sage, « comme des amis malheureux, » nous étaient fort attachés. D'ailleurs la jardinière, cuisinière de campagne était aussi très-inquiète pour son neveu, le petit Tom.

Mais pendant que l'on se disposait à courir vers nous, Eléonore et Angélique avaient devancé ceux qui portaient les flambeaux et les clés, et déjà à travers la porte, elles s'étaient assurées de mon retour.

Je ne saurais dépeindre la scène tumultueuse qui s'ensuivit ; l'étonnement que l'on éprouva de me voir à pied et sans chapeau ; les questions multipliées, et les réponses incomplettes que d'abord Tom et moi nous fîmes : tout enfin se calma un peu, et je racontai l'événemet tel qu'il s'était passé. « J'avais juré de revenir sans délai, dis-je en finissant ; je l'avais juré à mon épouse, à ma sœur, à mes amis et à moi-même. »

» Ah ! monsieur, me dit Firmin du ton le plus significatif, si vous aviez pu être témoin des alarmes que vous inspiriez ici, vous auriez cru votre danger trop compensé. »

Je ne dis rien ; mais je regardai Angélique et Eléonore, et je pardonnai à Firmin le mouvement jaloux qui le faisait parler.

Dix fois pendant le souper, il me fallut répéter la grande aventure du chapeau jeté au devant du tonnerre. Tom joua de son côté dans l'office le rôle de narrateur ; et partout on exalta notre courage.

Quand on se sépara, j'éprouvai une sorte de serrement de cœur. combien, après tant de témoignages de tendresse, il me paraissait cruel de ne voir qu'une sœur dans Eléonore ! Je m'aperçus qu'elle détournait la tête pour cacher quelques larmes. Elle pensait alors que le droit de me témoigner sans réserve une joie qu'elle partageait, appartenait à la seule Angélique. Celle-ci parut ne s'apercevoir de rien ; mais, restés tous les trois dans le corridor, elle me dit : « J'emmène Eléonore dans la chambre à deux lits : va reposer dans la sienne ; tu dois avoir un pressant besoin de sommeil. »

Plusieurs fois cet échange avait eu lieu ; mais en ce moment, Angélique me fit un plaisir très-réel : jamais peut-être elle ne m'avait autant satisfait qu'en prononçant ainsi mon exclusion. Eléonore parut très-touchée de sa délicatesse, quoiqu'elle ne lui dit rien. Je les embrassai, et passai dans l'autre chambre. Il est certain que l'idée d'Angélique était heureuse; car, pour calmer entièrement les regrets qui s'étaient élévés dans mon cœur, il aurait fallu... l'impossible.

Je me levais toujours de très-bonne heure. Je fus surpris d'avoir été précédé par Firmin et Harmand dans le petit bois voisin du jardin, où j'avais coutume de me rendre les matins. Leur présence me donnait d'amples sujets de réflexion; mais Firmin fit bientôt cesser mes conjectures.

Il me dit, d'un air résolu, qu'il avait déterminé M. Harmand à venir m'attendre avec lui dans ce lieu écarté, avant que les dames fussent levées ; puis il me pria de lui prêter une extrême attention, parce qu'il y allait du bonheur de sa vie entière.

Déjà préparé par ces mots, j'entendis sans surprise qu'il était passionnément amoureux de madame Lormeuil. Il ajouta qu'il me priait d'employer en sa faveur l'influence que j'avais sur l'esprit de cette dame.

Je ne sais s'il montra quelque dépit, en prononçant ce mot d'influence ; mais il est sûr que je fus très-piqué de sa demande. Je lui répondis qu'il était maître de lui faire connaître ses vues.

Il répliqua, avec beaucoup trop de raison pour ne pas accroître mon mécontentement, que sa demande était toute naturelle, et que personne ne pouvait le blâmer de rechercher mon appui, dans une circonstance pour lui si décisive, puisque je ne pouvais avoir les moindres prétentions pour moi-même.

Je le savais assez : pourquoi me le dire ? J'allais faire quelque réponse maladroite, lorsque Harmand, peut-être dans le dessein de me donner le temps de réfléchir, appuya la prière de Firmin, et me dit que cette démarche amicale de ma part laisserait à madame Lormeuil tout pouvoir de se décider selon ses propres sentimens.

Rien ne paraissait plus sensé. Je songeai d'ailleurs qu'Eléonore était dans ce qu'on appèle une fausse position; et que ne pas mettre d'obstacles à ce qu'elle en changeât, c'était pour moi un devoir rigoureux. Au reste, je comptais beaucoup sur son refus.

Dans cette situation critique, et ne

sachant pas bien ce que je voulais faire, je m'engageai à remplir ma commission dès que madame Lormeuil serait visible. Firmin me pria de lui rendre la réponse dans le parc de S.-Cloud, où lui et Harmand allèrent m'attendre pour déjeuner.

Je demandai aussitôt une entrevue à Elénore. Elle me fit dire de passer dans la chambre d'Angélique, où je les trouvai toutes deux. Nous commençâmes par nous occuper de nous, de notre situation, et de l'événement de la veille ; ensuite j'arrivai, sans détour, à la proposition de Firmin. « Après tout ce que nous nous sommes dit, ajoutai-je, la présence de ma chère Angélique ne m'empêche point de parler ; vois, chère Eléonore, ce que tu veux faire répondre. Il serait superflu d'ajouter que je n'ai ni sollicité cette mission, ni cru devoir la refuser.

La réponse d'Eléonore fut telle que je m'y attendais. Elle avait passé un certain temps à causer avec Angélique, et toutes deux s'étaient affermies dans la pensée de ne se jamais séparer. « J'apprécie tes motifs, me dit elle, mais ma résolution est invariable. Je ne veux pas changer d'état : donne à M. Firmin cette réponse décisive. »

Je ne fus pas fâché d'avoir à la lui porter ; car je pensais qu'il s'était adressé à moi, pour me punir en quelque sorte des inquiétudes que mon absence avait inspirées la veille à Eléonore.

Je rejoignis Firmin et Harmand, qui m'emmenèrent chez un traiteur, dans un cabinet particulier. Là, je rendis, sans la modifier en rien, la réponse de madame Lormeuil.

Je vis Firmin changer plusieurs

fois de couleur. Il affecta d'entamer une autre conversation ; mais, tandis qu'il buvait assez fréquemment, il revenait toujours de temps en temps au sujet qu'il avait le plus à cœur. Quelquefois, il n'eut tenu qu'à moi de me fâcher de ses demi-mots, mais je songeai à l'honneur d'Eléonore ; et je me tus, tant que je crus pouvoir me taire sans faiblesse.

La patience enfin m'échappa, lorsque Firmin me dit qu'un pareil refus était trop extraordinaire pour n'être pas causé par quelque inclination plus ou moins secrète, et que madame Lormeuil serait peut-être bien embarrassée d'expliquer.

Je tâchai de lui répondre sans trop de chaleur, qu'un dépit amoureux pouvait seul lui inspirer ces étranges paroles ; que madame Lormeuil, jeune, belle, et trouvant dans ses rares talens des moyens de subsistance, indépendans de sa fortune, avait sans doute pensé qu'elle n'était pas obligée d'accepter le premier parti qui se présenterait. J'ajoutai que j'avais parfaitement connu son époux, homme trés-recommandable, et dont le souvenir pouvait être un point de comparaison dangereux à plus d'un prétendant.

« Tels sont sans doute, continuai-je en me levant, ses motifs réels. Il eut mieux valu les admettre, Monsieur, que de chercher vainement à flétrir par des soupçons absurdes, une vertu sans tache. Au reste, je me suis acquitté de ma promesse, et je ne veux plus avoir dans cette affaire la moindre part; à moins que l'amitié dont madame Lormeuil nous honore, mon épouse et moi, ne l'exige. »

Je sortis en songeant à ma situation bizarre, qui ne me permettait même pas de me montrer trop sensible à des soupçons de cette nature.

J'ai su qu'après mon départ, Harmand avait eu toutes les peines du monde à empêcher Firmin de me proposer un duel. « Il l'acceptera sans doute, dit mon ami; mais songez combien votre conduite sera odieuse. Vous attaquerez les jours d'un homme, époux et père, qui vous a reçu chez lui avec amitié; parce que vous n'aurez pu faire agréer votre hommage à l'amie de sa femme. »

« Dites à sa maîtresse, » reprit Firmin.

« C'est une calomnie, une odieuse calomnie, s'écria le bon, mais énergique Harmand. Au reste, je vous confonds par vos propres paroles. Si ce que vous avancez est faux, comme j'en suis sûr, quel tort irréparable n'auriez-vous pas, en faisant une querelle à Saint-Félix? et s'il était possible que vous eussiez raison de parler ainsi ; de bonne foi, madame Lormeuil n'agirait-elle pas encore en vous refusant, de manière à mériter de vous quelque reconnaissance? ».

Firmin ne voulut rien entendre, il se leva : et quand on lui eut appris que j'avais payé le déjeuner, il dit à Harmand que je lui faisais une nouvelle insulte. Il ajouta qu'il retournait aussi-tôt à Paris, et verrait ce qu'il aurait à faire.

CHAPITRE XXIX.

Les événemens politiques servent la jalousie de Firmin. — Séparation douloureuse.

LORSQUE Harmand me rapporta les dernières paroles de Firmin, nous nous étonnâmes de ce qu'un jeune homme, qui avait parfaitement agi dans l'affaire de Dercour, fût alors si peu raisonnable. J'obtins sans peine de mon ami qu'il garderait à l'égard des dames le secret sur les menaces de cet amant irrité.

J'étais loin de les redouter; mais à ces époques orageuses de notre histoire, souvent les circonstances politiques ont exercé sur les intérêts, la conduite et le sort des particuliers une influence décisive, et ce n'a pas été le moindre des malheurs de ce temps.

J'en fis une triste épreuve. Les cinq hommes qui tenaient d'une main si mal assurée, et avec si peu d'honneur pour eux-mêmes, les rênes du gouvernement de la France, étaient alors très-divisés entr'eux. Les conseils, les généraux, les citoyens l'étaient aussi, et le 18 Fructidor an V, ou le 4 septembre 1797, le parti des anarchistes, le parti de la terreur triompha encore de ceux qui ne savaient que faire des discours. Je laisse ici de nouveau les importans détails à l'histoire: je m'attache à ce qui nous fut personnel.

Le prudent Harmand nous avait quittés depuis près d'un mois, en m'invitant vainement à venir passer quelque temps chez lui. Sans être tranquille, je ne croyais pas le mal si pressant. Toute la part que j'avais prise aux événemens consistait dans quelques articles envoyés à divers journaux : j'y parlais en faveur de l'ordre et des vrais principes. Je fus enveloppé dans la proscription, et placé sur une liste de personnes que l'on allait déporter sur le sol dévorant de la Guyane.

Tel avait été le prétexte de ma ruine : en voici la cause en peu de mots.

Firmin, tourmenté par la jalousie et la vengeance, rencontra dans Paris, tandis qu'il flottait entre les deux partis, l'infâme Vipérin. Il se rapprocha de lui, et le misérable lui apprit qu'il allait facilement pouvoir se venger, sans se compromettre. « Un grand coup se prépare, ajouta-t-il, laissez-moi faire : nous mettrons ce Saint-Félix en état de ne plus se trouver sur le chemin de personne. Nous ne le tuerons pas : notre cause est trop belle pour que nous la déshonorions par l'effusion du sang. Nous nous proposons seulement, ajouta-t-il avec un rire infernal, d'envoyer deux directeurs, des députés, des généraux et d'autres personnages de cette espèce, philosopher tout à leur aise dans les délicieuses plaines de Synamary : le Saint-Félix sera du voyage. »

Il est triste de l'avouer : ce projet abominable, qui semblait livrer Eléonore sans défense à Firmin, obtint son approbation. Proscrit obscur, on me mit au nombre de ceux dont les trois Directeurs qui triomphèrent ordonnèrent l'exil, d'après leur volonté particulière ; et je ne fus pas le seul envers qui l'on viola ainsi toutes les lois de l'équité : mais chose étrange ! ce fut ce qui me sauva.

J'étais encore à la campagne quand un domestique inconnu me fit appeler, ne voulant pas remettre à d'autres qu'à moi une lettre qui n'exigeait pas de réponse. Elle était ainsi conçue :

» Une nouvelle révolution a lieu dans Paris en ce moment : connu par vos opinions, vous êtes désigné pour être déporté. Demain, au plus tard, on viendra vous arrêter, si vous ne prenez la fuite. Je ne partage point votre manière de voir et de penser ; mais je n'aime pas les condamnations arbitraires. Si vous doutez de cet avis, vous êtes perdu. Brûlez mon billet. »

« Paris, ce 18 Fructidor an V, 11 heures du matin.

F. »

« Toujours des proscriptions ! me

dis-je à moi-même : Angélique ! Eléonore ! et vous, pauvres enfans, va-t-il donc falloir vous quitter ! »

Après ce premier moment donné à la douleur, je songeai à profiter de l'avis : il n'avait rien qui m'étonnât. Depuis quelque temps la crise était devenue inévitable, et j'affectais souvent devant mes deux amies une sécurité que je n'avais pas.

Je me rendis près d'Angélique et d'Eléonore. Grâce au ciel, l'une et l'autre avaient un caractère qui ne se développait jamais mieux que dans ces circonstances pénibles : on en a vu des preuves ; en voici de nouvelles.

Après quelques précautions indispensables, je leur communiquai le billet. Toutes deux furent frappées de consternation ; mais elles ne tardèrent pas à conclure qu'il fallait tirer parti d'un si utile conseil. Nous passâmes quelques minutes en conjectures sur la personne qui pouvait me l'avoir donné. La générosité de l'action en elle-même, et la lettre initiale F, me firent penser que l'écrit venait de Franville, cet officier qui s'était séparé de nous au 13 Vendémiaire. Il fut reconnu dans la suite que mon opinion était bien fondée.

Chacun de nous apportant à notre petit conciliabule son contingent de lumières et d'expérience, notre parti fut bientôt pris.

Nous arrêtâmes que, cette nuit même, je partirais, vêtu en paysan, pour me diriger sur Neufchâtel en Suisse, par la Champagne, la Bourgogne et la Franche-Comté. Ce pays étant neutre, mes deux amies devaient demander pour elles-mêmes et leurs enfans des passeports, et me rejoindre le plutôt possible, lorsqu'elles auraient arrangé nos affaires d'intérêt.

Quand ces points importans furent réglés, je leur dis d'un ton qui les frappa :

« J'aime à croire que ce nouveau danger passera; cependant vous qui pour moi allez encore éprouver des fatigues et des alarmes, vous que je quitte, le cœur déchiré, recevez mon serment solennel de ne plus chercher que l'existence la plus obscure. Je le sens trop, ce n'est pas à moi de m'exposer dans une arène où les seuls hommes semblables à Vipérin triompheront long-temps encore, en sachant prendre, selon les circonstances, toutes les formes et toutes les couleurs. »

Un instinct indéfinissable me faisait nommer cet homme ; car j'ignorais alors qu'il fût mon persécuteur.

Angélique étant beaucoup plus riche que moi, j'avais exigé que nous fussions mariés séparés de biens. Elle avait d'ailleurs ma procuration depuis long-temps. Nous n'eûmes donc qu'à nous occuper des préparatifs du départ, du soin de le cacher aux domestiques, et enfin, de la douloureuse séparation.

Je me munis d'une somme suffisante pour subsister d'une manière économique pendant plusieurs mois. Je ne voulus pas en emporter davantage, afin que si quelque malheur m'arrivait, ma famille ne perdît qu'une très-petite partie de son bien.

L'aimable gaieté de Louis et de ma petite Elisabeth, leurs caresses enfantines, au moment où je me voyais forcé de les quitter, me déchiraient le cœur ; et quel surcroît de peine, quand je jetais les yeux sur leurs mères !

« Je ne peux me le dissimuler, leur disais-je, je manque de délicatesse et même de la plus simple équité : je ne devrais pas souffrir que vous quittassiez pour moi votre patrie.... »

« Eh, mon ami ! interrompaient-elles aussitôt, qu'a donc de si regrettable un pays où la terreur est revenue peut être pour long-temps ! »

« Faut-il rester ici, ajouta Angélique avec feu, jusqu'à ce que ce pauvre Louis soit en âge d'être envoyé aux armées, comme on t'a forcé d'y aller toi même ! »

Son amie lui serra la main, et reprit : « Ne vaut-il pas mieux que nous attendions avec toi, non loin de la frontière, le bien qui peut enfin succéder à tant de maux, que de risquer de t'accompagner dans les déserts brûlans de Synamari ? Saint-Félix, nous formons à nous trois une chaîne indissoluble ; tu serais coupable de chercher à la rompre.»

Que répondre à de si nobles, de si doux sentimens, exprimés avec cet abandon! Je ne pus que presser contre mon cœur ces deux femmes adorables, et confondre mes larmes avec celles qu'elles versaient en abondance.

Le soir arriva : les enfans se couchèrent, en me priant de les éveiller le lendemain de bonne heure. Je leur avais promis que nous ferions tous cinq une petite course à Versailles et à Saint-Germain. (*) Le

---

(*) Pour être compris de la génération actuelle, je donne à cette dernière ville le

lendemain, je ne devais pas les revoir; et savais-je si je les reverrais jamais!

Nous passâmes Angélique et moi dans notre chambre. Eléonore eut la discrétion de s'en tenir éloignée, pour ne pas troubler nos adieux : ils furent tendres; et, quand nous nous réunîmes tous les trois, je m'aperçus, à la tristesse morne de notre amie, qu'elle avait passé ces momens dans de pénibles réflexions.

Mon déguisement avait été acheté dans le village : quand le moment où je devais le revêtir fut arrivé, Angélique s'écria qu'elle avait commis une insigne étourderie, en oubliant un chapeau conforme au reste de l'accoutrement.

---

nom qu'alors elle ne portait pas. D'ingénieux novateurs avaient jugé convenable de l'appeler *Montagne du bon air.*

« Je vais sortir avec le petit Tom pour m'en procurer un, dit-elle, et je serai bientôt de retour. Tu ne dois quitter la maison, mon ami, que pour entreprendre ton voyage. »

Quoi que nous pussions lui dire, Eléonore et moi, elle voulut partir, et nous laissa seuls.

Je crois et j'acquis ensuite la certitude qu'elle avait désiré nous ménager ce dernier tête-à-tête, sans songer à s'informer jamais des résultats qu'il pourrait produire. La situation de tous trois, la considération des dangers qui me menaçaient, et l'aspect d'Eléonore livrée à un désespoir silencieux, lui avaient inspiré cette pensée. Quelques femmes l'en blâmeront, je n'en doute pas; cependant y avait-il rien de plus généreux que sa conduite? Elle nous laissait à nous mêmes, sans blesser les convenances;

elle s'en rapportait à nous sur le parti que nous voudrions prendre : déterminée à tout ignorer, s'il le fallait, ou à éprouver pour nous de la reconnaissance, si la délicatesse, dont nous avions donné tant de preuves, nous commandait encore un pénible sacrifice.

Resté avec Eléonore, je ressentis l'embarras le plus douloureux. Je la voyais peut-être pour la dernière fois ; je le lui dis, en pressant sa main dans mes mains brûlantes. Elle ne me répondit que par un tendre regard. Ma tête se perdit, et il ne tint pas à moi que cette entrevue ne fût en tout semblable à celle que je venais d'avoir avec Angélique.

Eléonore, toute entière à l'idée de notre séparation prochaine et des malheurs dont elle pouvait être suivie, ne m'opposa d'abord aucune résistance. J'obtins d'elle, tandis que nous versions les pleurs les plus amers, des faveurs précieuses : mais quand elle vit qu'entraîné par ma passion, j'allais oublier nos résolutions mutuelles, elle me repoussa doucement.

« Tu ne voudras pas, me dit-elle, me laisser pour adieux des remords qui, mettant bientôt fin à mon existence, m'empêcheraient de te revoir jamais, et rendraient mon fils orphelin. »

Je restai immobile. C'était toujours l'amante dominée par sa passion, mais résolue de faire à la vertu les plus pénibles sacrifices.

« La noble confiance d'Angélique, ajouta-t-elle, suffirait seule pour nous rappeler nos devoirs. »

« Ah! m'écriai-je, dis plutôt que,

compatissant à des douleurs qu'elle apprécie, sa générosité.... »

« Je ne veux pas le croire, interrompit vivement Eléonore; mais s'il était possible qu'elle cédât à l'exaltation de son ame, ce serait à nous de nous montrer plus raisonnables qu'elle. »

Aussitôt, elle prit une paire de cizeaux, et coupant une boucle de ses beaux cheveux blonds, elle me la donna en disant :

« Tu viens de recevoir les tendres adieux d'une épouse.

Ici sa voix s'altéra, mais elle reprit avec plus de fermeté :

» Voici le présent d'une sœur, conserve.... »

Un baiser l'empêcha de continuer cette recommandation superflue; mais elle s'échappa aussitôt de mes bras et alla s'enfermer dans sa chambre, en disant :

« Je reviendrai quand Angélique sera de retour. »

Il me fut impossible d'obtenir d'elle qu'elle m'ouvrît sa porte ; mais elle me fit les plus tendres protestations d'un attachement inaltérable ; sûre que cet obstacle élevé par elle entre nous l'empêcherait de céder au penchant dont elle redoutait la puissance.

Angélique revint : son amie la gronda doucement de nous avoir laissés seuls.

« Je n'ai pensé qu'à nos malheurs communs, » répondit Angélique.

« Et tu n'en es que plus digne de voir respecter tes droits sacrés, dit Eléonore en l'embrassant ; mais le moment fatal est venu, » ajouta-t-elle avec la plus vive émotion.

« Oui, reprit Angélique, du courage ! » Et en parlant ainsi, elle fondit en larmes.

Pour les distraire par la perspective de notre réunion prochaine, je leur rapellai que Neufchatel était le lieu du rendez-vous : j'insistai sur la possibilité d'obstacles qui retarderaient une réunion si désirée, et qui cependant ne devaient jamais nous porter au désespoir. Enfin j'indiquai, comme l'endroit où nous devions chercher de nos nouvelles réciproques, le siége de l'administration municipale de cette ville.

Tous ces points convenus ; je me rendis dans la chambre où les enfans dormaient : je les embrassai, sans les éveiller ; j'appelai sur eux la faveur du Ciel, et je me disposai à partir.

Angélique ôta de son doigt une bague semblable à son anneau nuptial, et me la donna avec une tresse de ses cheveux. Je fus touché de la ressemblance de ce dernier don avec celui d'Eléonore, et je leur déclarai que, muni de tels talismans, je braverais impunément tous les périls. Nous prîmes ensemble quelques rafraîchissemens; puis, après avoir répété mille fois les sermens de nous aimer, et les promesses de nous rejoindre, nous descendîmes doucement dans le jardin.

Une petite porte ouvrait sur une ruelle, d'où je pouvais gagner le pont de Saint-Cloud. Mon dessein était de passer dans les bois voisins de Meudon le reste de la nuit. J'évitais ainsi la visite qui pouvait être faite dans ma maison. Le temps était doux et serein : je le fis remarquer à mes deux amies comme un nouveau présage en notre faveur. J'avais souvent reconnu que ces observations, en apparence peu importantes, contribuent dans les momens de crise à rassurer les infortunés.

Il fallut enfin se dire le dernier adieu. Chacun de nous affecta le plus de force d'ame et de sérénité qu'il lui fut possible. Nous nous embrassâmes encore ; et bientôt, à ma prière, elles refermèrent sur elles la petite porte. J'entendis le bruit léger de leurs pas rétrogrades ; puis, le cœur serré, mais résolu de rassembler toute ma présence d'esprit pour éviter les dangers dont j'étais menacé, je commençai ma course solitaire.

CHAPITRE XXX.

Le voyage d'un Proscrit.

Celui qui, placé dans une situation pénible, croit avoir atteint le dernier degré du malheur, ne connaît ni toute l'étendue possible des misères humaines, ni celle de la méchanceté des hommes, dont ces misères sont plus souvent l'ouvrage que celui de la nature. Lorsqu'après avoir perdu Elisabeth, je m'étais vu forcé d'aller combattre par l'ordre de gens que je détestais, j'avais cru que rien ne surpasserait à l'avenir les chagrins dont j'étais accablé.

Combien je m'aperçus maintenant que j'avais été dans l'erreur !

Je tournai les yeux vers la maison de campagne que je quittais. Les fenêtres de ma chambre n'étaient pas éclairées. Un instant après j'y aperçus de la lumière. Mes deux amies, sans nul doute, venaient d'y rentrer pour se livrer à leurs terreurs sur le sort du malheureux proscrit ; et moi, forcé de vivre loin d'elles, je ne pouvais plus être leur protecteur ! Qu'allions-nous devenir ainsi séparés ! En avant de moi était le terrein voisin de la rivière où j'avais sauvé les jours du fils d'Elisabeth. Quel autre souvenir mêlé d'amertume et de charmes ! Le fils, la mère n'étaient plus. Je me dis qu'en partant pour l'armée, tout entier à mon désespoir, je n'avais pas, comme alors, à trembler sur le sort des êtres le plus tendrement chéris ; et je répétai : « Non, non je n'étais pas aussi malheureux qu'à présent. »

Je traversais le pont, lorsque cette pensée me tourmentait. Je voulais, tantôt me précipiter dans la Seine, tantôt retourner chez moi, afin de revoir, quelques instans encore avant que l'on vînt m'arrêter, Angélique, Eléonore et nos enfans. Je leur donne à tous deux ce nom : car le petit Louis m'était presque aussi cher que ma fille.

J'ignore lequel de ces deux partis désespérés j'allais prendre, lorsqu'une voix intérieure se fit entendre, et me dit : « Insensé, vois donc ta situation comme elle mérite d'être vue, et ne t'en exagère pas l'horreur. Non, tu n'es pas autant à plaindre que quand la tombe te sépara pour toujours de ton Elisabeth. Tu tiens encore à l'existence par les plus doux liens. Reprends tout le courage qu'exige ta situation. Songe que tes jours ne t'appartiennent pas ; que tu dois les conserver pour te réunir aux objets de ta tendresse ; songe enfin qu'il te reste aujourd'hui ce que tu n'avais pas autrefois, le céleste bienfait de l'espérance. »

Je me sentis tout autre, lorsque ces remarques consolantes eurent frappé mon esprit. Je jettai un regard mélancolique vers le lieu qui me rappelait avec tant de force la noble et tendre Elisabeth ; mais ce fut avec des yeux animés d'une énergie nouvelle, que je contemplai la demeure de tout ce qui m'attachait encore au monde. Je songeai à ces autres proscrits qui, tombés sans défense au pouvoir de leurs persécuteurs, n'avaient plus la moindre perspective de bonheur ; et je me crus heureux en comparant leur sort au mien. On sait, en effet, que si plusieurs ont revu leur patrie, leur délivrance a dû paraître à eux-mêmes une espèce de miracle.

Dès cet instant, je résolus d'éviter le plus que je pourrais les chemins fréquentés, et de dormir plutôt dans les bois ou parmi quelques ruines, que d'aller exciter dans les villages une curiosité malveillante. Je me souvenais des circonstances qui avaient précédé ma captivité à Beauvais, et je ne doutais pas que mes chers compatriotes ne fussent de nouveau constitués, au nom de la loi, espions, gendarmes, geoliers les uns des autres.

Il fallait cependant bien que je m'approchasse quelquefois des habitations pour prendre de la nourriture. Le récit minutieux de mes aventures de chaque jour n'offrirait rien de remarquable, et serait trop monotone. Partout, je mangeais à la hâte, en paraissant pressé d'arriver au lieu le plus voisin. Souvent j'excitai les soupçons, mais je m'aperçus aussi que l'humanité n'était pas éteinte dans tous les cœurs. Quelques circonstances m'ont paru seules mériter d'être rapportées.

Un jour, je m'étais endormi au soleil de midi, dans un petit bois, éloigné d'environ trois cents pas de la grande route ; j'avais choisi sous un buisson le lieu le plus couvert de feuillages, et je me croyais avec raison invisible à tous les regards ; mais lorsque je me réveillai, je poussai un cri de douleur, par suite de la position gênante que j'avais prise. En ce moment, j'entendis qu'on se levait avec précipitation d'un petit espace de gazon très-peu éloigné. Une voix douce, mais effrayée, s'écria : « Sauvons-nous ! c'est le citoyen Pierre. »

Je me rappelai la fable du *Lièvre et des Grenouilles* ; et, quoique assez surpris d'inspirer de la crainte dans une situation telle que la mienne, je crus en avoir deviné la cause. Je ne me trompais pas : un jeune garçon d'environ treize ans, et une petite fille qui me parut un peu moins âgée, étaient venus là causer de leurs intérêts les plus importans, sans s'occuper de ceux qui tenaient toute l'Europe en armes. Il me parut évident que le redoutable Pierre était quelque rival, ou seulement quelque ennemi de leurs plaisirs, car, à la campagne, on nuit parfois aussi, sans autre motif que le besoin de nuire. Le son d'une voix feminine m'avait ému, et l'on sent pour quelle raison : je ne pus résister au desir de prouver aux deux fugitifs qu'ils s'étaient alarmés sans motif, et je courus après eux, en leur criant de s'arrêter. Ils s'éloignaient toujours, mais je gagnais considérablement d'espace sur la jeune fille, et je n'allais pas tarder à l'atteindre. Alors son compagnon fit ce que fera toujours un jeune homme doué de quelque étincelle de courage ; il se retourna vivement, revint sur ses pas, et me demanda pourquoi je les poursuivais.

— « Seulement pour vous prouver que je ne suis pas le citoyen Pierre, dont vous paraissiez tant craindre la présence. »

— « Oh ! nous ne le craignons pas,

Citoyen, dit la petite fille, encore toute émue, car nous ne faisions point de mal. »

— « Mais c'est qu'il ne veut jamais que nous soyons ensemble, » ajouta le jeune homme.

Dans ce peu de mots je reconnus l'instinct des deux sexes. La fille avait donné leur innocence comme incontestable, même aux yeux de Pierre; le garçon, par sa franchise déplacée, ouvrait le champ le plus vaste à mes conjectures.

Mon intention n'était pas de les embarrasser. Je me tus, et marchai avec eux par un petit sentier vers un village peu éloigné, où ils m'avaient assuré que je pourrais trouver à dîner chez le père de la jeune fille.

Il était veuf : c'était chez lui que l'on venait, chaque *décadi*, danser et boire d'assez bon vin; car j'étais alors dans la Bourgogne, et à peu de distance de Dijon.

Le citoyen Pierre était le factotum du village. Il enseignait à lire et à écrire tant aux petits garçons qu'aux jeunes filles, et on le regardait à deux lieues à la ronde comme un oracle en jurisprudence ainsi qu'en politique. Je le trouvai chez le père de la petite Nanette, où il avait été convenu que son jeune ami Bastien n'entrerait qu'un quart d'heure après nous.

Rien de plus naturel que mon arrivée. J'avais eu faim et soif en passant près du village, et la jeune fille s'était offerte à me servir de guide.

Bastien fut retenu à dîner, quoique Pierre parût mécontent de le voir. Cet homme, d'environ quarante ans, avait réellement le dessein d'épouser un jour Nanette.

Ma présence donna un autre cours à son mécontentement, et il m'adressa plusieurs questions qui me firent craindre le renouvellement de la scène de Bresle. Je n'en aurais pas été quitte cette fois pour une prison temporaire ; aussi pris-je mon parti sur-le-champ, lorsqu'il me fit entendre que si je n'avais pas de papiers, je courais grand risque d'être arrêté.

Je montrai fièrement mon congé et ma main gauche encore légèrement estropiée. « La droite, dis-je, est toujours en état de servir, et de me défendre avec ces pistolets contre tous ceux qui insulteraient un militaire blessé. »

Pour donner encore plus de force à mes paroles, j'ajoutai quelques mots très-énergiques, dont les enfans furent effrayés. Je pense que le père de Nanette aurait bien fait quelque signe de croix, s'il n'eût craint d'être taxé de fanatisme par moi ou peut-être par Pierre, qu'il paraissait ne recevoir chez lui qu'avec une sorte de répugnance.

Quand j'eus payé mon dîner, les deux hommes et Bastien allèrent chez le père de ce jeune homme: moi, je formai le projet de passer la nuit dans un lit. J'avais bivouaqué pendant les deux précédentes. Je demandai à la petite si son papa ne m'accorderait pas bien à coucher.

— « Oh! oui, dit-elle, mais je crois que vous ferez mieux de continuer votre route. »

— « Pourquoi, ma chère enfant ? »

— « Parce que le citoyen Pierre, voyez-vous, est sûrement allé chercher du monde. Il ne vous a rien répondu; mais quand il ne répond pas, c'est qu'il veut faire quelque méchanceté. Vous êtes un brave homme, » ajouta-t-elle.

Ce fut mon tour de dire: « Oh! je ne le crains pas! » avec autant de vérité qu'elle; et, pour l'imiter en tout, je résolus aussitôt de me remettre en voyage.

Sûre de n'avoir pas besoin de m'en dire plus pour me déterminer à partir, Nanette ajouta: « Suivez toujours, toujours ce chemin dans le bois. A une demi-lieue, vous trouverez à main gauche un grand bâtiment où vous serez mieux qu'ici pour passer la nuit. »

J'emportai, d'après son conseil, du vin dans ma gourde, et quelques provisions; et, lui en ayant fait accepter le prix avec beaucoup de difficulté, je pris congé d'elle.

Nous avions tenu table long-temps, et le soleil était près de se coucher, lorsque j'arrivai en vue du grand bâtiment indiqué par Nanette. Il m'était impossible de m'y méprendre. J'avais fait une demi-lieue, et jusqu'à l'horison, je ne découvrais pas même une chaumière. On va sans doute admirer avec moi la sagacité de ma petite amie. Elle avait réellement deviné que, malgré mon congé, mes pistolets et mes juremens, j'avais des raisons pour redouter toute explication. Non-seulement elle m'évitait les interrogations auxquelles j'aurais été soumis au retour de Pierre; mais elle me désignait, comme un gîte très-convenable pour la nuit, une église abandonnée.

J'avais dans ce vaste édifice vingt cachettes pour une : je m'y arrangeai, et résolus d'y passer la nuit. Je me faisais une fête de raconter à Angélique et à Eléonore comment une personne de leur sexe, une enfant d'une douzaine d'années avait eu plus que moi de prudence et de raison, dans une circonstance décisive.

Cette nuit encore, je m'endormis en cherchant à échapper au présent par des retours sur le passé et des anticipations sur l'avenir.

Je continuai ma route les jours suivans. Je parvins au-delà de Besançon, où l'on se doute bien que je n'étais pas entré ; je touchais à la frontière : j'allais retrouver, ou du moins attendre en liberté tout ce que j'avais de cher au monde, quand un accident cruel vint me forcer de nouveau à la patience.

Non loin d'une maison d'assez belle apparence, pour être appelée un *ci-devant* château, je marchais un soir, absorbé dans mes pensées, et résolu de ne prendre aucun repos avant d'être sorti de France. Je gémissais sur cet étrange concours de circonstances, qui me forçait, ainsi que tant d'autres, à regarder l'expatriation comme un bonheur relatif. Tout-à-coup des cris frappèrent mes oreilles; on m'avertissait de me ranger, mais il n'était plus temps. Une voiture, dont le cheval avait pris le mors aux dents, venait derrière moi: l'essieu me heurte, et je suis précipité dans un fossé pierreux, avec une telle violence que je m'évanouis.

En revenant à moi, je sentis une

douleur si affreuse à la jambe gauche, que je la crus cassée ; et je m'écriai : « Angélique ! Eléonore ! qui sait maintenant si je vous reverrai ? »

En ce moment j'aperçus près de moi une dame d'un certain âge et un vieillard à cheveux blancs. Parvenus à se rendre maîtres de leur cheval, ils avaient retourné sur leurs pas pour me secourir. Ils m'exprimèrent toute leur douleur d'avoir été les causes involontaires de mon accident, et me déclarèrent qu'ils ne me laisseraient pas quitter leur maison (celle que j'avais en vue) avant que je ne fusse promptement guéri.

Je les remerciai, mais j'ajoutai que la nécessité de profiter de leurs bontés me mettait au désespoir.

— « Songeons à vous transporter,

dit la dame, nous réparerons votre malheur autant que nous le pourrons, et respecterons vos secrets. Qui maintenant n'a pas ses peines! »

En l'entendant parler ainsi, j'eus du moins la consolation de songer que j'étais avec des personnes qui partageaint mes opinions. Ma jambe n'était que fortement meurtrie; avec le secours de ces deux charitables inconnus, je remontai le fossé, et nous nous plaçâmes tous trois dans la voiture. Le cheval, redevenu très-doux, nous conduisit lentement au château.

J'appris en route que j'étais avec M. de Sommeville et sa fille, madame d'Amercourt. Cette dame me remit les cheveux de mes deux amies, et la bague d'Angélique, en disant: — « Ceci, Monsieur, vous est sans doute bien précieux. Je me félicite de m'être aperçue à temps que ce trésor, tombé de votre sein, était auprès de vous dans le fossé. »

Je la remerciai avec la plus vive reconnaissance ; et le vieillard ajouta : — « Vous en êtes, comme nous, aux souvenirs, je le vois. Vous avez prononcé deux noms.... » — « Ce sont ceux d'une épouse, dis-je vivement, et,.. d'une sœur, » ajoutai-je, en rougissant un peu.

— « C'est cela, dit la dame en souriant. Angélique : Eléonore, n'est-ce pas, voilà de beaux noms pour des paysanes ! »

Malgré mes souffrances, je ne pus m'empêcher de rire ; et dès cet instant nous nous entendîmes tous trois parfaitement.

— « Nos domestiques sont sûrs, reprit M. de Sommeville, cependant, jusqu'à ce que vous soyez rétabli, vous passerez, si vous approuvez ce plan, pour un villageois que nous avons eu le malheur de blesser; on ne vous en prodiguera pas moins chez ma fille tous les soins nécessaires.

Je consentis à cette proposition, que j'aurais faite moi-même, et nous arrivâmes.

Si je n'eusse pas eu l'impatience de parvenir au but de mon pénible voyage; si mon cœur n'eût gémi sur les plus cruelles séparations, il m'aurait été impossible de ne pas me plaire dans cet asyle hospitalier. Deux valets et une bonne gouvernante, respectueux envers leur maître et leur maîtresse, ne m'adressèrent pas une seule question déplacée. Le chirurgien, habitué du château depuis long-temps, eut la même discrétion. Quant à madame d'Amercourt et à son père, pendant huit jours que je fus obligé de garder le lit, ils venaient me voir plusieurs fois dans la journée, et, après leur souper, passaient régulièrement une heure avec moi. J'appris dans ces entretiens confidentiels que l'époux et le fils de la dame étaient à l'armée des Princes ; mais que l'estime dont toute la famille jouissait dans le canton avait été cause qu'aucune partie des biens ne se trouvait encore vendue. M. de Sommeville avait, du reste, une fortune à laquelle il était impossible de toucher : lui et sa fille vivaient donc avec quelque sécurité, mais livrés à la tristesse que devait leur inspirer une séparation dont il était impossible de prévoir le terme. Madame d'Amercourt éprouvait, en outre, comme épouse et comme mère, des terreurs de plus d'une sorte, et qu'il est facile de concevoir.

Je ne crus pas commettre une imprudence en n'ayant pour eux aucun secret sur les motifs et le but de mon voyage. Ils m'assurèrent qu'ils me procureraient facilement les moyens de dépasser cette frontière, moins surveillée, moins hérissée de places fortes que les autres. Je leur promis, en retour, de tout entreprendre pour leur donner des nouvelles de ceux qu'ils regrettaient avec tant d'amertume...

Il fallait, pour ne rien craindre, que je sortisse de France à pied. Je fus donc obligé de rester plus de trois semaines chez ces respectables hôtes. Alors, quoique encore un peu souffrant, je ne songeai plus qu'à partir.

Nos adieux furent touchans ; nos vœux mutuels ardens et sincères. Un des domestiques me servit de guide, et enfin me laissa sur le territoire Neufchâtelois. Je vis le moment où je serais obligé de me fâcher pour lui faire accepter les témoignages d'une reconnaissance que ses compagnons, et lui surtout, avaient bien méritée : tant le bon exemple est puissant sur les inférieurs ! Il prit enfin cet or qui ne pouvait payer ses services ; et je m'avançai, le cœur palpitant, vers la ville où mes amies devaient être arrivées.

CHAPITRE XXXI.

L'Habitation rustique. — Occupations des Exilés volontaires.

Le Ciel qui voulait me favoriser permit que je rencontrasse un paysan qui se rendait à Neufchâtel sur un char à bancs, traîné par deux chevaux vigoureux. Monter, en lui donnant ce qu'il me demandait, fut l'affaire d'une minute. Il était temps, car j'avais fatigué ma jambe malade, et je n'aurais pu aller plus loin.

J'arrive enfin à l'hôtel de ville. « M. Saint Félix ! » me dit du ton le plus flegmatique un petit homme qui me regardait entre deux yeux, comme s'il m'eût voulu reconnaître, quoiqu'il ne m'eût jamais vu. « Ah! oui, nous avons ici pour M. Saint-Félix une lettre que deux dames y ont remise en arrivant, il y a une semaine; et pas un jour ne s'est passé depuis, sans qu'elles vinssent voir si M. Saint-Félix était venu. »

Je séchais d'impatience, et le suppliai de chercher la lettre; mais il me fallut entendre d'abord cette remarque profonde:

« Elles vont être bien contentes de votre arrivée, ces dames-là! »

Je pourrais donner ici quelques détails sur ma séance à la maison de ville; je pourrais dire comment je fus accablé de questions, comment enfin quelques-uns de ces sujets du Roi de Prusse ne paraissaient pas trop contens qu'un Français se fût soustrait aux douces lois du Directoire, et eût refusé de partir pour la Guyane; mais je suis pressé de parler de la lettre que je pus enfin tenir entre mes mains tremblantes. Je l'ouvre, et je lis :

« Nous sommes à cinq cents pas de la porte orientale. Demande l'habitation Zolner, et accours. »

Un A et un E entrelacés terminaient cette épître laconique, dont Angélique avait écrit la première phrase, et Eléonore la seconde.

Je me félicitai de ce qu'elles paraissaient avoir admis la possibilité d'un retard dans mon voyage, sans se livrer à de sinistres pressentimens; mais la lettre m'attendait depuis huit jours, et elles pouvaient avoir éprouvé ensuite les plus pénibles inquiétudes. Je courus donc, comme elles me l'avaient recommandé; et en vérité, le désir de dissiper leurs craintes n'était pas moindre en moi que l'impatience de les voir.

De la porte indiquée, on me montre du doigt, dans un joli vallon, l'habitation Zolner. Je vois qu'elle est trop près de la ville, trop bien entourée de maisons semblables, pour que l'on puisse rien craindre des bandits, si le pays en renferme. J'avance; je m'assure que, placée au milieu d'un joli verger, cette demeure est assez isolée pour que l'on s'y trouve entièrement chez soi ; et je m'écrie : « Liberté, indépendance ! c'était donc ici qu'il fallait venir vous chercher ! O mes braves et malheureux compatriotes !...

Je sentis que j'étais toujours François; car, en cet instant, le sentiment du bonheur dont j'allais jouir ne m'empêcha pas de donner quelques larmes aux maux de ma patrie.

J'arrive enfin à une petite avenue, à l'extrêmité de laquelle une porte verte conduisait dans un très joli jardin. Je n'eus pas la peine de sonner ; l'issue était libre. A quatre pas de là, deux enfans jouaient sous une treille : nous nous reconnaissons ; la petite Elisabeth s'élance vers moi, je la prends dans mes bras et je m'avance vers la maison, précédé de Louis qui court en criant de toutes ses forces : « C'est bon ami ! voilà bon ami ! »

Au même instant je suis dans les bras d'Angélique et d'Eléonore. On me pardonnera bien de ne pas essayer de rendre un pareil moment.

Tandis qu'un valet et une servante, gens du pays, et de la physionomie la plus honnête, paraissent émus de nos transports, et cherchent à me faire remarquer leurs salutations, nous arrivons dans une petite salle, décorée de quelques tableaux d'Eléonore, et où la harpe d'Angélique occupe le lieu le plus remarquable.

Ce ne furent pourtant pas ces objets qui attirèrent d'abord mon attention. Je vis, avec une surprise toute naturelle, un grand jeune homme de notre âge à tous trois, c'est-à-dire d'environ vingt-cinq ans, qui, s'avançant vers moi avec politesse et gaité, me salua du nom de cousin.

J'ouvris les yeux et même la bouche, assez niaisement, je suppose; car Adélaïde et son amie éclatèrent de rire.

J'en fais l'aveu: tout cela ne me plaisait guère. Eléonore, prenant un ton plus sérieux, me dit: « Oui, Monsieur est ton cousin, puisqu'il est le mien : ne suis-je donc plus ta sœur ? »

Elle n'aurait pas eu besoin d'être aussi émue qu'elle le paraissait, pour recevoir de moi une réponse affectueuse. Angélique ajouta :

« Tu vois, mon ami, monsieur Jules Vermont, cousin germain de notre chère Eléonore, que le plus singulier concours de circonstances nous a fait rencontrer dans ce pays. »

« Oui, dit M. Vermont, me trouvant hors de France, en 1791, j'ai voulu savoir, avant d'y rentrer, quand le repos y serait rétabli. Cette grande question ne se décidant pas promptement, j'ai parcouru, en me promenant, une grande partie de l'Europe. J'ignore si le destin me réserve, en dernier résultat, comme à Scarmentado, « l'état le plus heureux de la vie, » mais sans avoir autant voyagé que lui, j'ai vu aussi tout ce qu'il y a de beau et de bon, du moins dans cette partie du monde. Pour peu que vous le désiriez, je vous donnerai un aperçu rapide de mes voyages.

Je fus satisfait du ton de franchise de ce nouveau compagnon d'exil; et nous ne remîmes pas plus tard qu'au soir du même jour le récit de M. Vermont.

Nous dinâmes avec toute la sécurité, tout l'agrément possibles, et cependant, de temps à autre, nous ne pûmes nous empêcher de tourner nos regards vers « ce tant doux pays de France, » que, toute Ecossaise qu'elle était, l'infortunée Marie Stuart avait aussi beaucoup regretté. Nous portâmes des santés à la gloire de nos braves compatriotes, dont la valeur semblait faire disparaître sous des faisceaux de palmes triomphales, des torts, des fautes, des crimes auxquels ils étaient étrangers.

Nous souhaitâmes aussi le retour de ces exilés, mille fois plus malheureux que nous, qui sillonnaient alors l'immense océan, et allaient chercher au loin une longue et douloureuse agonie. Enfin, nous désirâmes, mais tout bas, dans la crainte de nous rendre un peu ridicules à nos propres yeux par l'extravagance de nos vœux, que la paix universelle du bon abbé de Saint-Pierre s'établît quelque jour sur notre globe.

A la chûte du jour, nous nous acheminâmes tous quatre vers un berceau de verdure, d'où nous avions une vue charmante sur les campagnes voisines. Près de nous, le petit Louis, soutenant les pas enfantins de sa chère Elisabeth, l'aidait à courir parmi les fleurs de la prairie. Les cœurs des deux mères palpitaient de joie : M. Vermont lui-même était pensif ; je le priai de ne plus différer le récit qu'il nous avait promis ; il y consentit, et nous raconta ce que l'on va lire.

CHAPITRE XXXII.

Voyages de l'émigré Jules Vermont. — Légers aperçus de son séjour en Corse, en Italie, et en Espagne.

« Ainsi que ma charmante cousine, j'ai eu dès l'enfance un goût très-prononcé pour les beaux arts. Je commençais à peindre assez bien le portrait, lorsque je résolus de faire un voyage d'Italie. Après avoir traversé une partie du midi de la France, je m'embarquai à Marseille pour Gênes, espérant n'être détourné de ma route par aucun accident, et ne pas même perdre la terre de vue. Le patron de la petite *Tartane* Napolitaine, à bord de laquelle j'étais, n'avait pas autant de confiance que moi. Lorsque rempli d'impatience, je lui demandais si nous arriverions bientôt? il me répondait dans un patois qu'il avait eu l'adresse, comme bien d'autres marins de ces parages, de ne rendre ni français ni italien : « *Lou bon Dio lou sa.* » Sa pieuse ignorance parut bientôt une espèce de prophétie. Une tempête affreuse, dont je vous épargne le détail, nous fit avancer si loin en pleine mer, que nous nous vîmes obligés de chercher un refuge dans le Golfe de S. Florent. Vous savez comme moi qu'en ce moment la Corse est plus fameuse qu'elle ne l'a jamais été, pour avoir donné naissance au général en chef de l'armée d'Italie. Je ne prétends point rechercher ce que pourra être l'avenir de cet homme déjà célèbre ; mon seul but est de remarquer que ce fut dans sa patrie que je mis pied-à-terre pour la première fois, après avoir quitté le sol de la France.

» Déterminé à ne pas croire, avec quelques-uns de nos petits-maîtres, qu'on est à jeter par les fenêtres quand on n'a pas leur air et leur tournure, je ne pouvais mieux faire que de débarquer en Corse, pour prendre une haute idée des pays étrangers. Vous allez en juger.

» Vous vous rappelez sans doute cet honnête voyageur qui, ayant fait naufrage sur une côte inconnue, tressaillit de joie à l'aspect d'un gibet, parce qu'il lui prouvait qu'il était dans un pays *civilisé*. Je m'aperçus moi, à deux petits événemens arrivés sous mes yeux lorsque je touchai terre, que j'étais sur le sol italique. Des barques de pêcheurs arrivaient avec des sardines. Un bon moine, joufflu comme on doit l'être dans son utile état, pour attester la charité éclairée de ses compatriotes, écarta la foule des chalands, se fit peser, selon l'usage, une quantité quelconque de poissons, choisit les plus beaux, grommela d'être servi avec lenteur, examina s'il avait bien son poids, et partit en payant le père de famille qui avait fait avec lui cette excellente opération de commerce d'un affectueux : « *Ringrazio : è per l'amore di Dio.* »

» Au même instant, deux hommes ayant eu querelle ensemble, l'un d'eux tira un large coutelas de sa ceinture, et poursuivit son adversaire au milieu d'une foule indifférente.

» Tout ce que je vis ensuite me confirma dans la haute opinion que j'eus dès ce moment des mœurs corses. Il y a d'aventureux voyageurs qui vont chercher au Cap Horn ou parmi les Iles de la mer du Sud ce qu'ils appèlent les hommes de la Nature, si justement vantés par J. J. Rousseau. Sans entreprendre des courses aussi longues, j'eus alors sujet de connaître et d'admirer ces êtres privilégiés, dont nos institutions sociales n'ont point dégradé la pureté primitive.

» A peine eus-je fait quelques pas, que je vis les habitans de deux villages voisins se combattre en rase campagne, comme autrefois les citoyens de Bologne et de Modène, immortalisés par le joyeux poëte épique, *Tassoni*. J'ignore s'il s'agissait de quelque chose d'aussi grave que l'enlèvement d'un sceau ; mais je sais qu'en très-peu de temps, les coups de carabine, dont aucun ne portait à faux, firent un honneur infini à la justesse du coup-d'œil des Corses. Peu s'en fallut qu'en ma qualité de curieux, je n'attrapasse quelques balles ; mais elles ne m'étaient pas destinées, et arrivèrent à leurs adresses.

» A quelques pas de là, quand l'escarmouche eut cessé, je fus attiré par des cris dans une maison voisine : ils venaient d'une veuve que ses amis des deux sexes frappaient avec violence, pour avoir laissé aller son mari dans l'autre monde. Vous savez que cette coutume, ainsi que celle d'abandonner les malades à leur sort, après avoir placé près d'eux quelques provisions, se retrouve en plusieurs autres points de l'univers. Cependant, il n'y a eu entre ces diverses peuplades aucune communication : les lumières, nées de notre corruption, ne sont là pour rien. C'est, de part et d'autre, l'impulsion de la belle nature livrée à elle-même.

» Je fus de plus témoin, pendant un séjour seulement de deux journées, d'une demi-douzaine d'assassinats; mais on me dit que c'étaient des affaires de familles, auxquelles il ne fallait faire aucune attention.

» Il me paraît inutile de vous donner quelques détails sur la terre-ferme d'Italie, où je ne tardai pas à aborder. Qui n'a pas entendu parler mille et mille fois de la bonne foi des Génois, de la piété des Romains, des moeurs aimables des Lazzaroni Napolitains, de la liberté dont les étrangers jouissent à Venise sur tout ce qui tient aux affaires politiques, etc, etc. Quant aux Florentins, vous me permettrez de vous renvoyer au portrait qu'en trace à plusieurs reprises leur illustre compatriote, l'auteur de la *Divine Comédie*. Il y a eu sans doute de leur part une extrême reconnaissance à appliquer au Dante cette même épithète de *Divin*.

» Persuadé de l'utilité des voyages, il me vint en fantaisie de visiter l'Espagne, et je m'embarquai à Livourne pour cette contrée célèbre depuis tant de siècles.

» A mon arrivée, je ne fus pas peu édifié du zèle avec lequel, dans une église de Cadix, plusieurs hommes du peuple se donnaient des gourmades pour arriver des premiers à divers confessionnaux. On eut dit que l'absolution devait s'emporter par escalade. Dans le royaume de

Valence, je retrouvai une des coutumes Corses dont je vous parlais tout-à-l'heure. Deux troupes assez nombreuses se combattaient avec acharnement, d'abord avec le fusil et ensuite à l'arme blanche. Quel sujet avaient-elles de s'exterminer ainsi ? Aucun. Le tout s'expliquait par deux mots magiques, dont le pouvoir n'est pas borné à la Péninsule : *l'usage* et *l'honneur*.

» Vous savez, Mesdames, quelle belle réputation de fidélité en amour, ont les Espagnols des deux sexes, et vous n'ignorez pas que le mot le plus passionné peut-être qui jamais ait été dit, fut proféré par l'Espagnole Sainte-Thérèse. « Ce malheureux qui n'aimera jamais ! » s'écriait-elle en parlant du diable : comme pour indiquer que les tourmens mêmes de l'enfer pendant l'éternité, ne le rendaient pas aussi malheureux que l'impossibilité d'aimer. Cette Sainte n'a eu sur plusieurs de ses belles compatriotes, que l'avantage de prononcer la première ce mot justement célébre : elles étaient assez tendres pour avoir la même pensée.

» On se persuade mal-à-propos que la philosophie est inconnue des Espagnols ; cependant, que l'on réfléchisse à la coutume de déclarer nobles tous les enfans trouvés, parce qu'ils doivent presque toujours la vie à des moines ; et que l'on dise quel encyclopédiste eut inventé quelque chose de mieux. »

Cette remarque nous fit sourire ; et M. Vermont, comme tous ceux qu'on encourage, continua avec une nouvelle chaleur.

« A propos de philosophie, tandis que j'habitais ce pays, un vénérable prêtre jugea convenable de publier un livre en faveur de l'Inquisition. Elle avait été si souvent attaquée, qu'il était bien juste qu'on la défendît ; et son apologiste devait être un Espagnol. Peut-être n'aimeriez vous pas trop, Mesdames, que je m'arrêtasse long-temps sur ce sujet ? Je me bornerai donc à vous rapporter, comme la substance des opinions du puissant logicien dont je parle, cette phrase textuellement empruntée à son excellent livre : « Ce qui perd les états, c'est ce que le philosophisme appèle une sage tolérance. »

« A merveille, m'écriai-je, rapprochons cela de la marche que suivaient en France les partisans de l'athéisme, pour propager leur systême ; et au lieu de donner la palme à l'un ou l'autre systême, nous serons forcés d'appliquer ici le vers de Corneille :

» Devine si tu peux, et choisis si tu l'oses. »

« Ma foi, reprit M. Vermont, puisque nous en sommes aux citations, je dirai que c'est le cas d'adopter l'opinion d'Arlequin, lorsqu'on lui demande ce qu'il aime le mieux d'être pendu ou décapité : il répond qu'il aime mieux boire. »

En ce moment, la nuit déjà venue nous fit songer à rentrer pour que les enfans se livrassent au repos. Les yeux maternels veillèrent sur eux ; M. Vermont resta quelque temps encore avec nous : enfin, il nous quitta, et alla passer la nuit dans une petite ferme voisine ; mais ce ne fut pas sans avoir demandé et obtenu la permission de revenir le lendemain.

Quand Angélique et moi nous prîmes congé d'Eléonore, ma spirituelle épouse ne put s'empêcher de me demander en souriant, si je ne craignais pas que le platonisme n'eût dans l'amabilité de ce jeune homme un redoutable adversaire. Elle était partie trop intéressée pour que cette remarque ne lui fût pas permise ; cependant j'éprouvai une sorte d'embarras. Je m'étais déjà dit à moi-même quelque chose de semblable ; mais je n'étais nullement satisfait qu'elle me parlât ainsi. En vérité, je le dis, mais bien bas, il s'élève souvent dans nos cœurs des pensées qui ne sont rien moins que généreuses....

» Parlez de vous, va sans doute me dire ici quelque lecteur. A la bonne heure : je ne veux attaquer personne, et je me hâte, en conséquence, de terminer ce chapitre; mais j'avertis tel qui me censurera ici, qu'il pourrait bien n'y avoir entre nous deux que la franchise de différence.

CHAPITRE XXXIII.

Suite du récit de Vermont. — Il passe en Angleterre, et va en Ecosse.

Je me ferais sans doute une autre querelle, bien fondée, si j'avais la sottise de déclarer gravement que M. Vermont n'avait pas la prétention de rien nous raconter de bien instructif, en effleurant ainsi des matières tant de fois traitées avec étendue, par des voyageurs recommandables : on s'en apercevra de reste. Il vaut donc mieux continuer à parcourir les esquisses de mœurs qu'il nous mettait sous les yeux.

Le lendemain, quand nous lui eûmes de nouveau donné audience, il reprit à-peu près ainsi :

« Après vous avoir dit quelques mots des Espagnols, je ne vois pas trop la nécessité de m'étendre sur le séjour que je fis en Portugal. Quoique les deux peuples aient été souvent ennemis, comme de raison et suivant l'usage, parce qu'ils étaient voisins, il existe dans leurs moeurs des ressemblances qu'un narrateur aussi superficiel que moi ne doit pas chercher à faire disparaître. La disparité la plus frappante consiste dans le prodigieux parti que les Anglais tirent du Portugal, tout hérétiques qu'ils sont. Le marquis de Pombal leur causa une terrible frayeur, lorsqu'il les menaça de soustraire son pays à leur influence; mais ils ont échappé à ce malheur, du moins pour le présent; l'avenir est enveloppé de nuages que de profonds politiques peuvent seuls se croire en état de percer.

» Avant de prendre pour toujours congé de ces deux pays, il faut que je consigne ici une remarque, dont tous ceux qui se sont trouvés dans une situation semblable à la mienne, ne contesteront pas la justesse. N'était-il pas original qu'en Espagne, en Portugal, et jusqu'à un certain point en Italie, l'aversion que l'on avait assez généralement envers la révolution et ses partisans, s'étendît, le plus souvent, jusqu'aux Français, expatriés pour ne pas en embrasser les principes? On conviendra que c'est réunir des chagrins d'espèces tout-à-fait opposées. Que nos Françaises émigrées aient excité, parmi les personnes de leur sexe, une sorte de jalousie par leurs grâces et l'élégance de leurs manières, cela se conçoit; mais, nous autres hommes, comment avons-nous pu être jugés avec une telle injustice ? »

— Le mot de l'énigme est facile à trouver, dit Eléonore, le peuple est peuple partout.

— Soyons équitables, reprit Angélique, et ne mettons pas tous les torts d'un côté. Les nuances d'opinion entre les Français expatriés, que tout invitait à n'avoir qu'une même façon de voir et de sentir, leur ont fait souvent beaucoup de tort aux yeux de ceux qui leur accordaient l'hospitalité...

— Parfaitement remarqué, interrompis-je; mais, qu'on me permette d'en faire l'observation, la conversation prend le ton le plus sérieux;

et peut-être serait-il à propos de laisser cette matiére pour écouter la suite des récits de M. Vermont.

Chacun se rendit à mon opinion, et notre nouvel ami continua ainsi :

» Il est possible de dire de tous les peuples et beaucoup de bien et beaucoup de mal, sans offenser la vérité, selon le point de vue où l'on se place pour les considérer; c'est là une observation triviale à force d'être vraie; mais connaissez-vous, en fait de disparates, une nation plus singulière que la nation anglaise

» Examinons-là un instant. Passionnée pour sa liberté, on l'a plus d'une fois accusée de mettre obstacle à l'indépendance des autres, et il est certain que l'état où vivent les cinq sixièmes des Irlandais, soumis à sa puissance, que celui des peuples de l'Indostan, sujets d'une compagnie de ses marchands, fortifient assez ces reproches. « Ma maison est ma forteresse, dit fièrement le citoyen de la Grande-Bretagne, et ma personne est libre ». Oui, si vous n'êtes pas soumis à la presse pour le service de terre et de mer.

» Et cet usage de conduire les femmes au marché, une corde au cou, pour les vendre comme un bétail; cet usage qui, au dix-neuvième siècle, n'est pas encore aboli, qu'en dirons-nous? Et la manière dont les votes s'achètent pour parvenir à la Chambre des Communes? Mais au lieu de multiplier les objections de cette espèce, j'aime mieux me représenter arrivé de Lisbonne, en Angleterre, par Bristol.

» Sur ma route, pour me rendre à Londres, je fus témoin d'une élection. Il y a un proverbe anglais qui dit que, passé quatre heures du soir, Dieu est le seul amiral des flottes britanniques, attendu les fréquentes libations de punch que font alors les officiers de tout grade. On peut affirmer que, pour les électeurs anglais, cette époque de la journée commence avec le lever de l'aurore. On a très-bien fait de n'attacher, dans ce pays, aucun déshonneur à l'ivresse; s'il en etait autrement, lors des élections, on trouverait difficilement des hommes honorables dans toute l'étendue de la Grande-Bretagne.

» Ce qu'il faut remarquer, parce que l'on croit à peine cette vérité incontestable dans les autres pays, c'est que cette Angleterre, où tant d'esprits forts ont écrit contre toute révélation, possède, parmi les trente ou quarante sectes qu'on y professe, des bigots, et pour trancher le mot, des fanatiques, près de qui certains Imans de Turquie ou de Perse pourraient passer pour des partisans de la liberté de conscience. Dieu me préserve d'examiner à fond la question du mariage des ministres évangéliques; mais s'il est vrai qu'il résulte un bien de cet usage, pourquoi trouve-t-on immédiatement à côté un mal très-réel et très-important ? Qui peut ignorer combien les filles orphelines de ces mêmes ministres, contribuent à augmenter la liste des malheureuses qui mangent le pain amer de la prostitution ?

» Par un usage auquel il fallut bien que je me soumisse comme un autre, chaque écu de ma bourse ne parut pas valoir un shelling ou vingt-quatre sous, tout au plus, dès que j'eus touché le sol britannique ; tant on paye chèrement l'avantage de visiter la vieille Angleterre. J'avais fait connaissance, dans le vaisseau, avec plusieurs Français, parmi lesquels se trouvaient deux dames charmantes. A notre arrivée à Londres, elles parurent dans les rues, à pied, parce que le temps était superbe. Sur leur route, pour se rendre au parc Saint-James, elles eurent l'agrément d'être chansonnées et insultées par une populace ivre de bierre. Ce n'était pas à cause de leur beauté; outre qu'on ne voit pas trop pourquoi ce présent du ciel leur aurait attiré une telle avanie; la beauté chez les femmes n'est assurément pas une chose extraordinaire en Angleterre; mais elles étaient Françaises, parées à la mode de leur pays; et John-Bull trouvait divertissant de les insulter, précisément à cause de cela. Quand on vit que leurs autres cavaliers et moi nous nous fâchions, on devint encore plus insolent. Enfin, une distribution de monnaie, faite à propos, mit fin au scandale.

— Fort bien, dit Eléonore, voilà une populace qui n'aura été guères disposée à se corriger, lorsqu'elle se voyait ainsi récompensée de son impertinence !

—Que voulez-vous? reprit M. Vermont, il en est de ce privilége comme de celui des boxeurs qui se font jaillir le sang du nez, ou s'enfoncent quelques côtes à coups de poing, en présence d'une nombreuse société d'amateurs. Ce sont les priviléges de la liberté anglaise.

» C'en est un aussi pour certains jeunes gens, souvent bien élevés, mais ruinés par le jeu et la debauche, que de se présenter, le chapeau d'une main et le pistolet de l'autre, à la portière des voitures. Vous savez que les voleurs de cette espèce sont des « Messieurs ou *Gentlemen* de grands chemins. » Au reste, il y va pour eux, selon les circonstances, d'être envoyés à l'extrêmité du Monde dans la colonie de Botany-Bay, ou même d'être, selon la phrase consacrée, « lancés dans l'éternité » sur la place de Tyburn ; mais chaque Etat a ses inconvéniens.

» Quand l'automne vint, continua M. Vermont, je saisis avec empressement l'occasion de faire une excursion en Ecosse. » Quoique étranger, et ce qui m'était plus nuisible encore, quoique Français, je fus jugé digne de faire les portraits de tous les membres de la famille d'un Seigneur. Là, j'entendis ces chansons parvenues jusqu'à nous par tradition orale, et d'après lesquelles Macpherson a imaginé de faire des poëmes sous le nom d'Ossian.

— Oui, dis-je, et d'illustres critiques, tels que Blair, par exemple, ont cru leur patriotisme intéressé à démontrer que ces poëmes valaient au moins ceux d'Homère, avec lesquels ils avaient un rapport frappant. Notre sage et spirituel Fontenelle était de meilleure foi, quand il disait : « A seize ans, je faisais des vers grecs et latins, aussi beaux que ceux d'Homère et de Virgile; et savez-vous comment? C'est que je les leur avais pris. »

» Je vis aussi, dit M. Vermont, ces joueurs de cornemuses si vantés, j'entretins des gens favorisés du don de *seconde vue.* » — « Quel est ce don, je vous prie? » dit Angélique.

— « Madame, reprit-il, c'est la faculté de voir, de la manière la plus précise, ce que font des personnes éloignées de vingt, trente, ou cinquante lieues, d'entendre ce qu'elles disent, etc. »

— Je ne sais pas, repris-je, avec un sérieux affecté, pourquoi on révoquerait en doute cette faculté ; elle est plus commune qu'on ne ne pense. Moi-même, dans mon voyage ici, je l'ai souvent possédée. Je vous voyais, charmantes amies, selon l'heure du jour, ou vous mettant en route, ou causant près des lits de vos enfans, et formant des conjectures sur le sort du pauvre fugitif. Quiconque sait aimer possède la *seconde vue*; n'est-il pas vrai ?

On convint, avec émotion, que je pouvais bien n'avoir pas tort, et M. Vermont ajouta :

— Du moins, Monsieur, vous m'avouerez que le plus ignorant des montagnards écossais vous est très-supérieur, quant à l'avantage de communiquer facilement avec les morts. Que n'ai-je pas entendu sous ce rapport; Grand Dieu! Que de gens, d'ailleurs d'un esprit sain, et d'un jugement solide se seraient fâchés tout de bon, si j'avais paru douter qu'ils eussent été favorisés, dans un court espace de temps, d'une vingtaine d'apparitions! »

Ce sujet nous ramenait naturellement aux amis que nous avions perdus. M. Pyrmont, Lormeuil, notre chère Elisabeth, et la petite fille d'Eléonore s'offrirent en même temps à nos pensées. M. Vermont s'aperçut de l'effet pénible que son discours avait produit. Il se hâta d'ajouter, afin que nos idées ne prissent pas un cours fixe et circonscrit :

C'est surtout dans une foule de circonstances merveilleuses que triomphe l'imagination des Ecossais, persuadés de ces contes légendaires. Tantôt de petites lumières, d'abord presque imperceptibles ont traversé, en grandissant à vue d'œil, les bois, les prés, les fleuves, les appartemens même les mieux fermés. Tantôt des sociétés nombreuses de Dames et de Chevaliers des anciens jours se sont ouvert, sans difficulté, les portes des châteaux, ont passé une partie des nuits dans les salles long-temps solitaires, puis se sont évanouies comme des vapeurs légères, dès la première venue du jour ; car vous savez que tous les revenans disparaissent au retour de l'aurore. C'est un point de foi parmi les croyans, et Shakspeare n'a eu garde de ne pas en faire plusieurs fois la remarque, notamment dans Hamlet. Mais, laissant ces merveilles qui, au fond, se ressemblent toutes, et ne peuvent guère occuper des esprits raisonnables, voulez-vous, Mesdames, repasser avec moi sur le Continent ? »

— « Nous n'aurons guère le temps, dit Eléonore, de vous suivre plus loin aujourd'hui ; mais je veux vous faire dès-à-présent une observation. Dans tout ce que vous racontez, je ne vois point d'affaire de cœur qui vous soit personnelle. Vous, jeune et Français, vous auriez passé sans quelque aventure de cette espèce, un temps considérable ? J'ai peine à me le persuader. »

— « La chose est pourtant réelle, dit Vermont ; la tendresse n'a point approché d'un cœur tout entier aux chagrins de l'exil. Au reste, je pourrai demain raconter une anecdote de ce genre qui, peut-être, Mesdames, vous intéressera. »

La proposition fut acceptée; et nous allâmes souper. M. Vermont retourna ensuite à sa demeure, comme à l'ordinaire ; car les portes de la ville fermaient trop tôt pour qu'il pût songer à y entrer. Nous nous donnâmes encore rendez-vous pour le lendemain.

—

CHAPITRE XXXIV.

Histoire de mistress Dawson, racontée par Vermont. — Fin de ses récits.

J'ai eu tort, dit Vermont, lorsque nous fûmes réunis le lendemain, de vous préparer à entendre quelque chose de remarquable. Au fond, mon historiette est fort simple. Il ne s'agit que d'une mère rivale de sa fille ; mais il y a dans cet événement très-réel un incident qui peut intéresser. »

— « Contez donc, contez, » dirent en même temps les deux amies ; et Vermont commença aussitôt.

« J'ai connu les personnes dont

je vais vous parler, pendant un séjour de quelques semaines que je fis à Glascow. L'aventure n'avait pas alors plus de six mois d'ancienneté.

» Mistress Anna Dawson était femme d'un ministre évangélique très-respectable. Il mourut, laissant à sa veuve âgée de trente ans, et à sa fille Mathilda, qui n'en avait pas plus de quatorze, une fortune assez considérable. Il était impossible que deux femmes fussent plus unies que mistress Dawson et sa charmante fille. Elles s'aidérent réciproquement à supporter la cruelle perte qu'elles pleuraient. Je peux, grâces au Ciel, louer, sans inconvénient, leur beauté devant les dames à qui je parle. Je dirai donc que celle de mistress Dawson était dans tout son éclat, et que les charmes de la jeune

Mathilda se développaient de jour en jour. Mistress Dawson, dans le premier accès de sa douleur, déclara qu'elle ne se remarierait jamais; et sa résolution bien connue écarta plusieurs soupirans. Quelques mois plus tard, un jeune médecin d'Edimbourg, nommé Lesley, vint s'établir à Glascow. Mathilda tomba malade : il la soigna, et Anna reconnaissante avoua qu'elle lui devait la vie de cette chère enfant. Lesley, âgée de vingt-huit ans, songeait au mariage; il demanda celle sur laquelle il venait d'acquérir des droits réels, et mistress Dawson ne put lui opposer aucune objection. Le cœur de la jeune personne n'avait pas encore parlé, elle ne refusa point la recherche de Lesley, et il fut convenu qu'on les unirait après l'année du deuil; ce qui obvierait d'ailleurs à l'inconvénient de marier Mathilda trop jeune.

« Reçu cependant sur le pied de la plus grande intimité chez sa future belle-mère, Lesley s'y présentait presque tous les jours ; ses bonnes qualités, vues de plus près, produisirent sur la belle veuve un effet prodigieux. Elle a assuré, et on n'a jamais paru disposé à ne la pas croire, qu'elle avait fait des efforts extrêmes pour surmonter sa passion Il lui fut impossible d'y parvenir ; et comme l'amour est contagieux, Lesley, devenu épris de ses charmes se trouva lui-même dans une situation embarrassante. Il craignit en secret de n'avoir pas bien connu jusqu'alors l'état de son propre cœur.

« Cependant, l'époque désignée

pour le mariage approchait; et Anna sentit la nécessité de prendre un parti décisif. Elle s'exerçait, sans prétention, à composer de petits contes qu'elle insérait dans les feuilles périodiques. Voici le stratagême qu'elle employa pour essayer de faire connaître à Lesley la pénible situation dans laquelle elle se trouvait.

« Elle lui remit un jour un papier, et lui recommanda de le lire avec attention.

» Il n'y manqua pas : c'était sous la forme d'une simple *Nouvelle*; le récit exact de ce qui arrivait à mistress Dawson elle-même. Vous concevez que le dénouement y manquait. Parvenue-là, mistress Dawson ajoutait : « Indiquez-moi, mon ami, le moyen de terminer cette aventure; la catastrophe ne doit pas être heureuse, n'est-ce pas? Il faut que la mère qui a cédé à un sentiment qu'elle se reproche après les plus violens efforts pour le surmonter, périsse de quelque manière tragique. »

« Vous dînez ici : quand vous aurez conduit ma fille chez sa tante où elle doit passer la soirée, vous reviendrez près de moi ; et nous aurons un entretien décisif sur cet important sujet. »

Plus d'une fois, pendant sa lecture, Lesley avait eu le soupçon de la vérité. Ces derniers mots ne lui laissèrent presque plus aucun doute. Il écrivit au bas du papier : « Vous serez obéie en tout point? Quelle occupation me serait plus chère que l'exécution de vos ordres ! »

« Quand il rentra, il remit à Anna le manuscrit ; elle le reçut d'une main tremblante, et courut lire la réponse. A son retour, elle était rayonnante de joie, mais de temps en temps tourmentée par des inquiétudes qu'elle ne pouvait dissimuler. Ils dînèrent en famille; et la jeune Mathilda fut l'objet constant de leurs soins empressés. On eut dit que sa mère cherchait à lui faire excuser, autant qu'il se pouvait du moins, le tort qu'elle avait envers elle.

« Mathilda partit accompagnée de Lesley, et avec la gaîté vive de son âge. Son prétendu lui promit d'aller la reprendre vers dix heures du soir.

« Quand il revint, Anna respirait à peine. L'inquiétude la plus grande du jeune homme avait été jusqu'alors de se tromper dans ses conjectures. Toutes ses incertitudes s'évanouirent, et il ne fut pas peu flatté du pouvoir extraordinaire qu'il exerçait sur une personne si accomplie. Il fut le premier à parler du manuscrit : Anna ne l'osait pas.

« Vous commettez, ce me semble, une grande erreur, lui dit-il, en supposant que, quoi qu'il arrive, la catastrophe doit être douloureuse. Mais avant d'en venir à ce point, il faut que je vous fasse un reproche d'une espèce assez singulière. Vous avez oublié de désigner vos personnages, même par des prénoms. »

Anna rougit extrêmement, et parut vouloir plaisanter de son inadvertance; mais elle sentait le moment de la crise arriver, et ses yeux se remplirent de larmes.

Lesley, vraiment épris, Lesley que le respect seul, et la crainte de ne pas être écouté avaient empêché jusqu'alors de lui adresser ses hommages, ne balança plus.

« Voici, dit-il, ma charmante amie, notre dénouement qu'il importe de ne plus suspendre. Je soupçonne, sans que vous l'ayez indiqué d'une manière précise, que l'âge de l'heureux mortel se rapproche de celui de la mère. La jeune personne est encore un enfant qui peut attendre, et trouver facilement un parti au moins aussi convenable. Admettons donc qu'instruit enfin des espérances qu'il peut concevoir, l'anonyme (ici Anna rougit encore) se livre à des sentimens qu'il avait toujours cherché à réprimer. Il se jette aux pieds de sa belle amie, (Lesley se précipita aussitôt à ceux d'Anna) et, lui tenant une main qu'il place sur son cœur, comme ceci, par exemple, il lui dit:

« La froide tombe doit-elle donc dévorer tant d'attraits et de vertus? Non, l'enfant charmante à qui tout notre amour est si bien dû, approuvera la première le parti que nous prenons. Tu voulais lui donner un époux. Il ne manquera pas de s'en présenter : donne-lui dès à présent un père. »

Anna, hors d'elle-même, osait à peine lever les yeux sur son amant; elle lui dit d'une voix à peine intelligible :

« Et ensuite? »

« Et ensuite, reprit-il avec feu, la mère annonce sans aucun détour à son aimable fille, non que les sentimens du jeune homme sont changés; mais qu'il a manifesté ceux qu'il éprouvait depuis longtemps; elle lui fait sentir que le partage d'un cœur, et quel partage que celui-là! ne peut lui convenir à elle-même. La jeune personne qui n'a encore aimé que ses bonnes amies et les plaisirs de son âge, comprend qu'elle n'a rien, absolument rien à perdre dans un tel arrangement. Elle prévoit que son cœur lui parlera quelque jour avec plus d'énergie pour quelque ami *qui n'aura pas un âge double du sien.*» Lesley appuya sur ces mots significatifs. Anna, certaine d'avoir été devinée, lui jeta un regard où se peignaient l'amour, le bonheur et la reconnaissance.

Cependant, il restait toujours à ses pieds. Elle reprit encore :

« Et ensuite? »

« Et ensuite, répliqua-t-il, la jeune personne embrasse sa mère, qui la bénit : on annonce à un petit nombre d'amis le changement opéré, ou pour mieux dire, la marche naturelle que cette importante transaction vient de prendre; et enfin, ajouta-t-il, en lui baisant la main, vous écrivez bravement sur votre jolie nouvelle les noms d'*Anna Dawson*, de *Mathilda* sa fille, et de l'heureux *Lesley*. »

« Il serait inutile de prolonger ce récit, continua Vermont, vous voyez déjà comment tout se termine. Après les transports de joie des deux amans, Anna eut avec sa fille l'entrevue importante. Elle avait fait jurer à Lesley de tenir son premier engagement, si Mathilda témoignait le moindre regret de le perdre. « Je vous fuirai tous deux, en faisant des vœux pour votre bonheur, » ajouta-t-elle; mais elle ne fut pas obligée d'en venir à cette extrémité. Le cœur de la jeune Mathilda avait depuis peu un de ces secrets que le plus souvent une jeune fille, à cet âge, ignore presque entièrement elle-même. Encouragée par la tournure que prenaient les choses, elle fit à sa mère une confidence qui acheva de dissiper les craintes de la délicate Anna. Relativement à l'âge, à la fortune, enfin à toutes les convenances, le parti était très-sortable; et le dénouement de la nouvelle, indiqué par Lesley, fut différé de trois mois, pour que les deux nôces se fissent ensemble.

Tout le monde, dans Glascow, approuva ce dénouement, qui rendait quatre personnes heureuses, au lieu de faire le malheur au moins d'une, et peut-être de trois. Quelques vieilles prudes furent seules d'un avis opposé. Elles firent leur devoir, en blâmant une mère qui enlevait un amant à sa fille. Anna fit le sien, en méprisant leur caquetage. »

M. Vermont vit qu'Angélique et Eléonore n'auraient pas été de l'avis des prudes. Nous lui adressâmes nos remercîmens, et il continua ainsi :

« Peu de temps après, je passai par le Continent, et vins à Hambourg, d'où je me dirigeai sur la Pologne, à travers une partie de l'Allemagne. La guerre, comme vous le présumez bien, occupait un grand nombre d'esprits ; mais plusieurs disciples de Kant n'en continuaient pas moins à s'enfoncer dans les profondeurs de la métaphysique la plus obscure. Je vis aussi quelques-uns de ces illuminés qui font voir familièrement à qui le désire, les ombres des plus grands personnages de l'antiquité ; le tout sans charlatanisme, et pourvu qu'on les prévienne vingt-quatre heures d'avance ; ce qui n'est pas trop, si l'on considère la distance à parcourir par les manes évoqués.

Parmi les philosophes transcendans, dont l'Allemagne a autant que de jeunes filles bien naïves, bien douces, en un mot, bien aimables, celui dont je fus le plus content, était un vieux membre de l'Université de Gœttingue. Persuadé qu'il ne faut pas se borner à de vaines spéculations, lorsque l'on peut être utile à son pays, il s'était occupé depuis peu à rechercher pourquoi les Français avaient alors presque toujours l'avantage sur les Allemands en rase campagne, et il en avait enfin connu la cause. C'était que ses épais compatriotes offraient aux balles du mousquet une plus grande surface que leurs adversaires, presque tous minces, fluets et agiles. »

A ces paroles de M. de Vermont, nous commençâmes tous par rire de cette idée ; mais après y avoir réfléchi, nous pensâmes qu'elle pouvait bien ne pas être aussi ridicule qu'elle le paraissait au premier aspect. Le tort principal du docteur allemand nous parut être de n'attribuer qu'à une seule cause, un fait qui en avait plusieurs.

« Si jamais, dis-je, des guerres sans but, et des pertes irréparables affaiblissent les guerriers français ; si l'amour de la patrie et le désir de la vengeance animent leurs ennemis, l'Europe offrira un spectacle entièrement opposé à celui qu'elle présente aujourd'hui ; mais du moins il faudra la réunion de toutes ses forces pour que la France succombe sans rien perdre de sa gloire. »

Je n'hésite point à rapporter aujourd'hui ces paroles, quoiqu'elles puissent paraître une prophétie faite après coup : car ce que je disais alors était l'opinion de tous les gens un peu habitués à réfléchir. Il n'y a rien de fortuit dans la marche des événemens ; et ce qui a été devait être. Revenons à M. Vermont, qui termina son récit en peu de mots.

« Le spectacle de la misère publique, dit-il, me serra le cœur, lorsque je me vis dans la malheureuse Pologne. Je reconnus alors une triste vérité politique, et je me dis que l'indépendance des nations dépendait souvent moins encore des causes morales que des causes physiques. Que serait devenue, au milieu du bouleversement général de l'Europe, cette Angleterre, si fière de son opulence et du commerce du monde, si une petite langue de terre l'eût jointe au Continent ? »

J'abandonnai l'idée de me rendre en Russie, quoique le spectacle de deux nations distinctes, dont la plus nombreuse est à peine civilisée, tandis que l'autre donne dans l'extrémité contraire, dût m'offrir le plus singulier des rapprochemens; je me dirigeai vers la Suisse, et je reconnus avec plaisir que les vertus hospitalières y sont toujours en honneur pour ceux qui ont la faculté de les payer ce qu'elles valent.

Mon destin m'a enfin dirigé vers cette petite principauté, et je le bénis chaque jour. J'étais à l'hôtel-de-ville de Neuchâtel pour l'examen de mes papiers, car sans papiers on ne voyage plus en Europe, lorsque j'eus le bonheur d'apercevoir deux personnes de la figure la plus intéressante; une légère teinte de mélancolie augmentait encore leurs charmes.,...

— « Passez, passez les portraits, dit Angélique en souriant. »

— « Oui, ajouta Eléonore, songez que vous n'avez pas le pinceau à la main, et que, l'eussiez-vous, il vous serait défendu de flatter. »

Ce badinage aimable dura quelques instans, et ensuite, après avoir dit en peu de mots comment il reconnut sa cousine, M. Vermont nous quitta.

—

CHAPITRE XXXV.

Excursion en Suïsse. — Entretien important. — Troubles intestins.

Ce que Eléonore et M. Vermont nous avaient dit de la Suisse, inspira à mon épouse le désir de faire dans ce pays une petite excursion.

« Hâtons-nous donc, lui dis-je, car l'horison politique de cette contrée s'obscurcit. En effet, peu de temps aprés commença et fut consommée l'une des plus injustes, des plus odieuses aggressions que jamais despotes puissans aient ordonnée contre la faiblesse courageuse. On vit des guerriers, à qui le désir de défendre l'indépendance de leur pays avait inspiré des prodiges, servir, contre des citoyens au désespoir, les plus aveugles fureurs ; on vit les paisibles chaumières, long-temps asyles de la véritable liberté, s'écrouler en flammes sur les corps d'enfans au berceau, dont les péres, et, puisqu'il faut le dire, les mères même, vainement armés pour défendre ce qu'ils avaient de plus cher, expiraient sur les rochers voisins, jadis témoins de la valeur, non plus grande, mais plus heureuse, de leurs ancêtres. On vit... je m'arrête : je ne suis pas historien, et je plains ceux qui auront à remplir la pénible tâche de retracer tant d'horreurs : je les plains sur-tout s'ils sont Français. »

Nous allâmes jusqu'aux bailliages Italiens, qui nous donnérent la plus avantageuse idée de cette contrée riante. Chaque jour M. Vermont se rendait plus agréable à notre petite société, et montrait un penchant très-vif pour Eléonore : je résolus d'avoir avec elle un entretien décisif à son sujet.

C'était, il m'en souviendra toujours ; c'était au retour, et dans le voisinage de Schaffhouse, près de la fameuse cataracte du Rhin. Un si imposant spectacle nous avait tous saisis. J'emmenai Eléonore sur le sommet d'un rocher, d'où, sans perdre de vue nos compagnons de voyage, nous ne pouvions être entendus par eux. Là, et lorsque le fracas des torrens parvenait un peu affaibli à nos oreilles, je vantai à ma sœur les qualités précieuses de son parent : je lui dis que je le croyais digne de rendre une femme heureuse ; j'ajoutai avec force :

« Chère amie, ce n'est pas avec cette surprise mêlée de mécontentement, que vous devez me regarder : vous voir heureuse, Eléonore, est l'un de mes vœux les plus chers. Non, cet état de choses ne se peut plus prolonger : la fleur la plus belle, la plus digne d'orner un brillant parterre, n'expirera point dans le désert sur sa tige solitaire. Moi-même.... »

« Arrête, me dit Eléonore : tu crois faire ce que ton devoir exige, et je t'excuse ; mais voici ma réponse en deux mots.

» Que M. Vermont soit tout ce que tu dis, j'en conviendrai volontiers ; mais il a pour moi le plus grand de tous les défauts, de tous les torts : je ne l'aime pas. Vois-tu ce fleuve, qui, peut-être dès l'origine du monde, suit sa course impétueuse au milieu de ces rochers entassés? Sa constance dans la route qui lui a été tracée, est l'emblême de celle dont je me suis prescrit la loi. Il est impossible à mon cœur de changer et d'aimer deux fois : car, c'est à présent seulement que j'aime. »

Elle m'entraîna aussitôt, pour ne pas entendre ma réponse. Je la suivis sans résistance, et sans lui rien dire. Je me sentais indigne de mon bonheur ; je ne voyais de tous côtés que chagrins, que douloureuses épreuves; et enfin, mon innocence, comme celle de l'Oreste de Racine, commençait à me peser.

Cet entretien, dont j'avais attendu un tout autre résultat, rendit notre situation plus gênée qu'auparavant. Le personnage du chaste Joseph avait, à mes propres yeux, dans la situation où je me trouvais, quelque chose de ridicule; mais Angélique, plus scrupuleusement attachée à ses devoirs que jamais, Angélique n'ayant plus de l'ancienne madame Pyrmont que les graces et l'aimable vivacité, ne paraissait plus disposée à céder même la moindre partie de ses droits. L'arrivée de M. Vermont près de nous lui paraissait, et, il faut en convenir, était en effet un événement propre à tout arranger pour le mieux. Elle en parla dans ce sens à Eléonore, et la froideur avec laquelle ses ouvertures furent reçues, ne contribua pas peu à diminuer encore entre nous la bonne intelligence.

D'un autre côté, Vermont voyant le mauvais résultat de ses démarches, et pensant qu'il y avait plus de caprice que de raison à le refuser, conçut à-peu-près les soupçons qui avaient rendu Firmin mon ennemi.

La tournure de son caractére ne le portait pas à se venger avec fracas; mais la vengeance qu'il adopta en aurait bien valu une autre, s'il eut pû réussir. En un mot, rebuté par des froideurs qu'il m'attribuait, du moins en partie, il résolut d'essayer si Angélique ne serait pas disposée à lui donner et à recevoir de lui des consolations.

Je ne sus que long-temps aprés combien, dans la crainte d'un éclat, elle avait eu à souffrir de ses insinuations, et du ton presque passionné qu'il prenait bien souvent avec elle, lorsqu'ils étaient seuls. En paraissant ne pas le comprendre, elle eut l'art, si digne d'éloges, de le retenir dans les bornes du respect; mais cette situation ne pouvait se prolonger sans de graves inconvéniens.

Avant d'aller plus loin, je vais encore mécontenter une certaine classe de lecteurs; mais j'ai toujours le dessein de dire ma pensée toute entière. S'il fallait indiquer la principale cause des désordres qui troublent l'intérieur des familles, je n'hésiterais pas à désigner comme telle l'introduction des jeunes célibataires au milieu d'elles. En effet, à l'exception de celles où se trouvent des demoiselles à marier ou des veuves, quel résultat avantageux peut y produire leur présence? S'ils ont quelques vues, elles ne seront qu'illégitimes: souvent même ils s'y sont présentés avec les intentions les plus innocentes, mais les occasions surviennent, qui changent leur situation. Ils reçoivent des demi-confidences, ils sont témoins indifférens d'abord, puis intéressés d'une foule de petites querelles, auxquelles leur seule présence suffit le plus souvent pour donner une haute importance. Peu-à-peu les intrigues se nouent : les maris qui, par une bisarrérie aussi bien reconnue que surprenante, ont été les premiers à les accueillir, forment de nouvelles liaisons, et s'éloignent. Le reste va de suite ; et comme, selon la réflexion effrayante de la Rochefoucault, les femmes qui n'ont pas eu de passion sont plus aisées à trouver que celles qui n'en ont eu qu'une seule ; il en résulte que les unions conjugales dont rien n'a altéré la fidélité, sont devenues maintenant des exceptions. Les divers peuples de l'Europe sont là-dessus arrivés au même point, au même degré de civilisation.

Un événement politique, prodigieux par ses suites, vint changer notre situation, et nous permettre le retour dans notre patrie. Je veux parler du 18 Brumaire, an 8, ou 9 novembre 1799, qui vit un guerrier ambitieux succéder au faible Directoire Exécutif de la prétendue République Française.

CHAPITRE XXXVI.

Retour à Paris. — Aveux très-pénibles. Éléonore ambitieuse.

JAMAIS il ne fut mieux prouvé que dans cette circonstance, combien tout pouvoir que l'on méprise est faible et précaire. L'amour ou la force, voilà les deux moyens; l'un légitime et sûr, l'autre sujet à de graves dangers, par lesquels seuls on peut gouverner un grand peuple. Le Directoire n'avait jamais eu le premier à sa diposition, et il le savait bien: il n'osa employer le second qui eut réellement tourné contre lui-même; et il fut anéanti.

Buonaparte, désertant son armée au moment du plus grand péril, était condamné par les codes militaires de toutes les nations. Le trône seul pouvait le préserver du supplice : il le savait, et il régna.

Peu de révolutions eurent dans le principe un assentiment aussi général. En triomphant avec tant de facilité d'un gouvernement avili, l'heureux guerrier ranimait toutes les espérances généreuses. Il devait proscrire l'anarchie, établir sur des bases inébranlables la véritable liberté, dont on parlait tant et que l'on avait encore si peu connue. L'allégresse fut au comble, et les espérances n'eurent point de bornes. Les partisans de la cause Royale se flattèrent même qu'il ne travaillerait pas à demi, et qu'en relevant le trône, après avoir parcouru aux champs de bataille une si brillante carrière, il acquerrait une gloire à laquelle, selon eux, nulle autre n'aurait été comparable.

Il ne fallait ni beaucoup de réflexions, ni une grande profondeur de jugement, pour sentir que ces espérances étaient plus séduisantes que solides. L'homme dont la passion dominante avait été d'occuper plus que tout autre les cent voix de la Renommée et de dominer sur tout, ne pouvait avoir agi que pour lui-même: peu de jours suffirent pour détromper à cet égard les esprits les plus prévenus.

Parmi les biens réels qui résultèrent d'abord de cette grande révolution, fut la facilité qu'eurent les fugitifs de notre classe de revoir cette patrie toujours si chère. Nous en profitâmes avec empressement;

et quelque temps après nous reprîmes la route de Paris.

J'arrive aux aveux les plus pénibles que j'eusse à faire. Se voir forcé de considérer et de présenter sous un nouvel aspect ce qu'on s'est habitué à estimer, à honorer, est un tourment réel; mais j'ai dit les erreurs d'Angélique pendant sa première jeunesse, je n'ai point dissimulé les égaremens de cette Adèle, que nous avons perdue de vue depuis si long-temps; j'aurai, quoiqu'il m'en coûte, le courage de consigner ici le changement prodigieux qui s'opéra bientôt dans les idées, et, puisqu'il faut le dire, dans la conduite d'Eléonore.

Avez-vous quelquefois vu un beau lys, l'orgueil d'un jardin, céder aux influences de l'orage, perdre sa blancheur virginale, et cesser d'attirer les regards ; vous aurez une idée de ce que devint madame Lormeuil, non qu'elle fût déchue au point de pouvoir être classée parmi ces femmes dont j'ai peint quelques-unes : elle jeta au contraire dans la société un éclat extraordinaire, et en ceci ma comparaison manquerait entièrement de justesse ; mais la paix de son âme, mais les précieuses qualités qui la faisaient adorer, qui n'avaient pas permis que sa rivale même cessât d'être son amie, disparurent, ou du moins furent considérablement altérées.

Je n'aurais plus déjà besoin d'ajouter que l'ambition tourna sa tête. Il est trop vrai : son histoire fut celle de mille autres. Le moment semblait être arrivé, où une sorte de fusion s'opérerait entre les anciennes idées monarchiques et les opinions nouvelles, où, le hazard de la naissance n'étant plus compté que pour peu de chose, les talens, l'esprit, les qualités énergiques de l'âme, paraîtraient devoir conduire à tout. Eléonore fut éblouie de la nouvelle carrière qui s'ouvrait devant elle, et son amour platonique, auquel Vermont n'avait pu la faire renoncer, échoua contre l'écueil des séductions nouvelles dont elle fut entourée. Certes, je n'eus jamais l'absurde injustice de lui en faire un reproche. Le sacrifice d'une illusion, sans cesse combattue par les éternelles lois de la nature, ne fut pour elle ni un tort, ni un malheur; mais enfin, je la vis ensuite dans son élévation; et plus d'une fois elle m'avoua qu'elle avait perdu pour toujours le calme inséparable de sa première obscurité.

Quand nous fûmes de retour à

Paris, nous y reprîmes d'abord notre ancienne manière de vivre. Dans la société que nous fréquentions, nous n'aperçûmes point de changement réel, mais bien des nuanees plus prononcées qu'avant notre départ. Ainsi les idées monarchiques se manifestaient avec moins de contrainte: les caméléons politiques dont fourmillait la Capitale, (et Dieu sait s'ils y manqueront jamais!) n'avaient rien de mieux à faire que d'embrasser, de propager avec chaleur les idées alors en vigueur: aussi ne s'y épargnaient-ils pas. Ils préparaient déjà, si l'on me permet de m'exprimer ainsi, les marches du trône vers lequel l'aventureux chef de l'état s'empressait de s'acheminer. Que de gens dont l'ambition ne se déguisait pas, et qui semblaient mettre une sorte d'acharnement à rappeler l'ancien régime et à proscrire le nouveau! C'était cependant, de la part du plus grand nombre, une bisarrerie sans nom ou une rare effronterie; j'en fis un jour la remarque à mes deux amies, dans une société nombreuse, où nous avions été invités. Déjà tourmentée par le lutin de l'ambition, Eléonore semblait plus disposée à les approuver qu'à les blâmer; mais Angélique me fit une réponse que je n'oubliai pas.

« Tu te trompes, me dit-elle, dans tes conjectures: ces hommes doivent tout au nouvel ordre de choses, et tu les entends regretter l'ancien. Quel autre motif peuvent-ils avoir qu'un profond sentiment de modestie et d'équité! Ne vois-tu pas qu'ils brûlent de retourner dans les antichambres, où ils sentent qu'ils étaient moins déplacés que dans ces superbes salons. »

Vermont avait entendu cette réponse : il l'accueillit par un éclat de rire, qui attira l'attention d'un des personnages qu'elle regardait de la manière la plus directe. Il s'informa de la cause d'une gaîté qui s'était communiquée à notre petit cercle. J'eus l'effronterie (on sait que j'aime à nommer les choses par leur nom) de lui rapporter sans le moindre changement la remarque charitable d'Angélique. La conduite de cet homme fut excellente : il se mit à rire encore plus fort que nous, et pendant un quart d'heure, il ne cessa de nous débiter toutes les plaisanteries, bonnes ou mauvaises, dont les théâtres retentissaient alors contre les nouveaux riches. Au reste, il agissait comme ses pareils. Tous, ou presque tous avaient le bon esprit de comprendre que des fortunes scandaleuses n'étaient pas trop achetées par des épigrammes fugitives, qu'il ne tenait qu'à eux de ne pas s'appliquer ; et qu'après tout, ils pouvaient rire de meilleur cœur que les autres.

Quelques jours plus tard, je fis aux Tuileries une rencontre qui me fut bien agréable. J'y trouvai, en habit bourgeois, le colonel Franville, et je l'emmenai dîner avec nous, après lui avoir fait avouer qu'il était l'auteur de la lettre anonyme, à laquelle je devais mon salut.

Les deux amies lui firent un accueil dont il dut être touché ; mais, cette première effusion passée, Eléonore lui demanda, d'un ton assez sévère pour nous étonner, quelle raison l'empêchait de porter son vêtement militaire et les marques de son grade ?

« Parce que je suis réformé, » dit-il. J'ai demandé moi-même ma retraite, au moment où mon bataillon marchait sur la Suisse.

« Quelle idée! » s'écria madame Lormeuil, qui pouvait à peine revenir de sa surprise. Franville ajouta, sans paraître s'apercevoir de son émotion :

« Lorsque mon pays a été attaqué, j'ai volé à sa défense. Longtemps, malgré les murmures secrets qui s'élevaient dans mon cœur sur les excès affreux commis par nos oppresseurs, je ne vis que la patrie, et la nécessité de la défendre. On ne l'attaque plus, mais nous attaquons. Le courage, le dévouement de nos soldats peuvent devenir pour l'humanité, dans des mains ambitieuses, des causes de malheurs incalculables. L'expédition ordonnée contre la Suisse par le Directoire, a commencé à m'ouvrir les yeux; et je suis loin de revenir aujourd'hui sur ces idées. Je ne blâme personne; mais ma résolution est irrévocable. Je vois des guerres sans fin, peut-être des désastres dont la France supportera une grande partie. J'ai suspendu dans ma chambre modeste et solitaire mon épée qui ne servira jamais à réaliser des projets d'oppression. Je la reprendrai, s'il faut un jour entreprendre l'inutile défense de Paris. »

Un tel événement paraissait alors si peu probable, que, malgré le ton sérieux de Franville, nous prîmes celui de la plaisanterie. Madame Lormeuil se mit alors à débiter plusieurs phrases dont la réunion pourrait former un petit cathéchisme à l'usage des ambitieux; mais je ne me donnerai pas le ridicule de les rapporter. A qui d'entr'eux aurais-je la stupide prétention d'apprendre quelque chose ; et quel code a jamais été mieux connu, mieux pratiqué que celui-là !

Malgré la dissertation d'Eléonore, Angélique et moi nous sentîmes que le respect le plus vrai se joignait à notre reconnaissance pour Franville ; et depuis ce jour là, je n'ai pas eu un meilleur ami.

Le lendemain, Elénore me fit prier de venir dans son appartement. Je la trouvai environnée de placets, de mémoires et autres papiers, que je ne m'attendais guère à voir chez elle. « J'allais passer à votre atelier, » lui dis-je. Elle sourit d'un air dédaigneux, et me demanda de l'écouter avec attention.

J'appris alors qu'elle avait déjà

plusieurs connaissances importantes, « parmi des gens faits pour arriver à tout, » comme elle me le dit avec emphase. Elle me demandait de l'accompagner dans plusieurs courses, qu'il ne lui paraissait pas décent qu'une femme fît seule, malgré l'exemple qu'elle en recevait de toutes parts. Il m'était impossible de la refuser; mais j'éprouvai une répugnance réelle à la voir s'élancer avec tant d'ardeur dans cette nouvelle et périlleuse carrière.

Nous fûmes jusqu'à quatre heures dans les bureaux, ou dans les antichambres de personnes en place. Eléonore remit plusieurs de ses papiers, elle en reçut d'autres en échange, et rentra, sans se dissimuler qu'elle était accablée de fatigue.

« Je n'en doute pas, lui dis-je, et j'aurais mieux aimé accompagner ma sœur dans quelque excursion champêtre : dût-elle même offrir, comme nos courses en Suisse, des rochers à gravir. Ah ! Eléonore, qu'il y a loin d'ici à la cataracte de Schaffhouse ! »

L'intérêt le plus vrai, un intérêt purgé de tout sentiment personnel, m'arracha cette exclamation qui, j'en conviens, avait tout l'air d'un reproche. Eléonore sourit ; puis elle me dit avec gravité : « Je ne suis pas changée ; il ne tiendra qu'à mon frère de l'éprouver, si je parviens à obtenir quelque crédit. D'ailleurs, mon cher Saint-Félix, c'est pour mon fils que je travaille. »

« Fort bien, dis-je en moi-même, toute passion a sa raison : voici l'amour maternel mis en jeu pour voiler des illusions ambitieuses. »

« Et ainsi, ajouta Eléonore, je

travaille encore pour ta fille : il faut voir l'avenir, Saint-Félix.

» Je crois, lui dis-je, que dans la carrière nouvelle où vous vous précipitez, beaucoup de personnes obtiendront des succès prodigieux; mais, Eléonore, que de prétentions seront trompées! que d'inquiétudes, de douleurs accompagneront même les succès! Puissiez-vous ne jamais regretter votre chevalet et vos pinceaux, à qui vous auriez toujours dû l'aisance, la liberté et une gloire sans nuages. »

Je n'osais pas dire sans tache : je n'osais pas, pour plus d'une raison, insister sur les sacrifices que doit souvent faire une femme ambitieuse. Eléonore ne m'en comprit pas moins. « Je serai toujours digne de moi et de mes amis, dit-elle; et s'il était vrai que des chagrins vinssent troubler mon repos, c'est près d'Angélique et de son époux que j'irais chercher le calme qui m'aurait fui. »

Elle s'avança aussitôt trop près de moi, pour que dans mon émotion, je ne prisse pas la liberté de l'embrasser; je dis la liberté, parce que l'on voit déjà que nos rapports changeaient. Plus de tutoiement de ma part, et presque de la contrainte : telle était alors notre situation. Au reste, Eléonore était si peu disposée à revenir sur ses idées, qu'elle me pria de lui laisser écrire, avant le dîner, deux billets très-pressés.

Je rapportai à Angélique cet entretien ; elle baissa les yeux, et me dit : « Je crains comme toi qu'elle ne sacrifie son repos à de brillantes chimères; mes observations ne lui manqueront pas, mais j'en attends peu de succès. J'ai toutefois un moyen assuré de la servir, en la remplaçant souvent dans ses devoirs de mère. »

Le petit Louis était, en effet, de plus en plus négligé par Eléonore; mais il quittait à peine Angélique et sa jeune amie Elisabeth. Le lendemain, nous devions partir pour notre campagne de Boulogne : madame Lormeuil s'excusa de nous y accompagner, et promit de venir pour l'heure du dîner, « si ses affaires le lui permettaient. » Elle ne nous en recommanda pas moins son fils avec une veritable tendresse.

Je la priai d'être sans inquiétudes, mais j'ajoutai, avec un sérieux qui n'était pas entièrement feint, que je craignais d'habituer mon Elisabeth à l'intimité avec son fils. « Qui sait, ajoutai-je, s'il ne sera pas quelque jour jeté dans le tourbillon du grand monde par les liaisons que contractera sa mère; alors ces souvenirs d'enfance ne pourront qu'être affligeans pour tous deux. »

Eléonore affecta de prendre la chose en plaisantant: elle me dit que je portais trop loin la prévoyance; et Vermont, qu'elle avait désigné pour l'accompagner ce jour là, étant venu, elle monta aussitôt avec lui dans une voiture de remise, pour recommencer ses visites.

Nous les vîmes arriver à six heures, mais nous avions voulu les attendre jusqu'au dernier moment; et, avec quelque surprise, nous apprîmes que Vermont venait d'obtenir une lieutenance dans la garde consulaire. Je lui dois rendre la justice de dire qu'il rougit un peu quand madame Lormeuil nous annonça cette nouvelle.

« C'est toujours servir la patrie, »

dis-je, pour dissiper son embarras. Il provenait, comme on le pense bien, non de ce qu'il avait obtenu cette place honorable, mais du contraste qu'elle formait avec son ancienne qualité d'émigré.

Franville était présent, et sa vue ne contribuait pas peu à la gêne de Vermont.

« Monsieur, lui dit-il, je vous félicite de tout mon cœur; mais il y a seulement deux ans, on m'aurait bien surpris en m'apprenant qu'une personne de votre classe serait en activité de service et moi en retraite. Peımettez-moi cette remarque : elle est très-inoffensives ; et vous ne vous fâchez pas, je l'espère, de la franchise d'un soldat. »

« Bah! dit madame Lormeuil, il n'y a là rien de surprenant. Si vous n'êtes plus au service, c'est parceque vous l'avez voulu. Avant six mois, peut-être, on vous aurait vu à la tête d'un armée. Nous sommes arrivés au temps des merveilles, des métamorphoses; nous en verrons bien d'autres! »

Je conclus avec douleur, de ces paroles prononcées du ton le plus expressif, que madame Lormeuil était devenue, sous le rapport de l'ambition, ce que l'on appèle incurable. Au reste, j'ai peut-être tort de tant insister sur les inconvéniens que les ambitieux éprouvent dans leur carrière. Tandis que nous les taxons d'inconsidération, ils nous accusent de faiblesse: nous les blâmons d'avoir sacrifié aux tracasseries, aux peines d'esprit la meilleure partie d'une existence fugitive; et ils n'éprouvent guères pour nous d'autre sentiment que celui du dédain. Il résulte de là que nous ne nous entendons ni les uns ni les autres, et que peut-être nous aurions tort de vouloir réciproquement nous condamner.

CHAPITRE XXXVII.

Événemens divers. — Sort des principaux personnages. — Conclusion.

—

Dans ce que je viens de dire sur les ambitieux, la crainte de les apprécier avec une prévention trop défavorable, m'a peut-être empêché d'être assez sévère. Ce qu'il y a de certain, c'est que si on les jugeait d'après le sort de notre chère Eléonore, ils seraient plus à plaindre qu'à envier.

Je suis parvenu à cette partie de ma narration, où cessant d'avoir une part directe aux événemens, je dois me hâter de la terminer. Il m'a été impossible de suivre dans leur carrière des personnes qui souvent vécurent loin de moi, et je ne peux que donner un aperçu général de ce qui leur est arrivé pendant un assez grand nombre d'années.

Ma vie et celle d'Angélique furent uniformes. Je fis paraître quelques productions littéraires, étrangères à la politique, et pour cause. Elles m'occupèrent sans me faire d'ennemis, et furent plutôt pour moi un délassement qu'un travail. Affermie plus que jamais dans le chemin de la vertu et du vrai bonheur, Angélique veilla en mère tendre sur sa fille et sur le jeune Louis, jusqu'au moment où Eléonore jugea convenable de mettre son fils dans un Lycée.

Le sort de cette amie si chère fut par fois brillant, mais nous avions toutes les raisons de croire qu'elle ne jouissait pas d'un bonheur continu. Ce que la raison et les convenances n'avaient pu faire en Suisse, l'ambition l'effectua à Paris. Elle épousa Vermont, au moment où il revenait de la première campagne d'Autriche avec le grade de colonel, et occupa dans la nouvelle cour une place distinguée.

Depuis long-temps, nous l'avions souvent perdue de vue; nous la vîmes alors encore moins. Tandis que son mari était sans cesse en marche dans la Prusse, l'Autriche, la Pologne ou l'Espagne, elle forma des liaisons brillantes qui l'éloignaient de nous plus que jamais.

Un soir, elle reparut (c'était dans le printemps de 1812) avec son fils qui venait d'obtenir par ses protections une sous-lieutenance dans la garde. « Il serait conscrit, nous dit-elle, et vous savez que maintenant la première preuve de zèle que l'on puisse donner quand on tient à quelque chose, c'est d'avoir un fils au service. »

Louis faisait ses adieux à Elisabeth déjà grande, pendant que sa mère nous parlait ainsi ; et les deux jeunes gens étaient trop émus pour s'occuper de nous. Franville et l'ami Harmand étaient présens ; le premier secoua sa tête d'un air significatif en prononçant les mots de *guerre nouvelle* et de *Russie*. Harmand, depuis long-temps mécontent de tout ce qui se passait, et de l'intarissable effusion du sang humain, dit avec indignation : « Oui, les anciens temps sont revenus où les mères présentaient leurs enfans en holocauste devant les autels de

Moloch. » Eléonore frémit et se tut ; nous adressâmes, Angélique et moi, un regard de reproche à Harmand ; mais il ne parut pas s'en apercevoir.

Le jeune Louis, dont la douceur nous rappelait son vertueux père, et même Eléonore, avant que l'ambition en eut fait une autre femme, nous remercia, les larmes aux yeux, des soins que nous avions donnés à son enfance ; puis il prit congé de nous, avec une profonde tristesse, pour aller rejoindre la grande armée.

Vermont combattait alors en Espagne, et il était difficile d'obtenir de ses nouvelles. Eléonore inquiète sur son sort et sur celui de son fils, quitta subitement une place qu'elle occupait dans le château. Un léger mécontentement donné à une dame de la cour, fut cause que la disgrace a plus complète vint terminer ses rêves ambitieux. Elle retourna près de nous, et reprit ses pinceaux pour dissiper les mortelles inquiétudes que lui donnaient le silence absolu de son fils, et la lecture attentive des bulletins de l'armée de Russie. Quand on apprit les désastres sans exemple de cette expédition, elle tomba dangereusement malade; et les nouveaux détails qui furent successivement connus, empirèrent son mal au point que, depuis ce temps, elle ne put jamais se rétablir entièrement. En cherchant à la rassurer sur le sort de Louis, nous lui donnions des espérances, que nous ne pouvions raisonnablement concevoir nous-mêmes. L'année 1813 s'écoula au milieu de périls qui menaçaient de plus grands encore; et enfin, lorsque le moment prédit par Frauville arriva ; lorsque après tant d'entreprises gigantesques et de victoires, les Français ne purent plus se dissimuler qu'il fallait songer à défendre Paris, Vermont arriva tout-à-coup de l'armée qui évacuait l'Espagne.

A peine avait-il eu le temps d'embrasser son épouse, et de nous revoir, qu'il dût marcher aux retranchemens de Montmartre. Il fut tué, lorsque les Russes les emportèrent, le 30 mars 1814.

Sans avoir jamais eu pour lui un attachement bien vif, sa femme sentit que cette mort la laissait presque seule sur la terre. Elle nous le dit, et nous lui jurâmes que notre maison serait toujours la sienne; mais pouvions-nous lui rendre son cher Louis, qu'elle s'était mille fois représenté expirant de faim et de froid au milieu des déserts glacés où elle l'avait envoyé !

Dans le jour si mémorable où périt Vermont, Franville tint sa promesse, et combattit peu loin de notre ami. Il fut grièvement blessé ; mais nos soins le rétablirent.

Peu de mois après le premier retour du Roi, Eléonore éprouva la plus vive joie qu'elle eut jamais ressentie. Son fils vivait ! son fils emmené jusques dans la Sibérie, faisait partie des prisonniers que l'Empereur Alexandre rendait au Roi de France. A peine put-elle croire à cette nouvelle miraculeuse ; mais la vue de quelques lignes tracées par ce même fils, porta la plus douce conviction dans son cœur ; seulement il nous fallut veiller à ce que sa raison ne s'altérât, par un passage si subit du comble de la douleur à celui du ravissement.

Les événemens du printemps de 1815, retardant le retour du jeune Louis, empêchèrent notre amie de le presser dans ses bras. Il était alors en Prusse; elle lui écrivit une lettre brûlante, par laquelle elle le conjurait de rester où il était, jusqu'à ce que l'horison politique eût repris quelque sérénité. Elle ne voulait plus risquer de perdre ce qu'elle avait de plus cher au monde. Louis Lormeuil, que le tableau des malheurs inouïs de ses braves compagnons d'armes poursuivait partout, n'eut pas de peine à obéir aux ordres maternels. Nous lui avions fait passer des secours, et il attendit l'occasion de rentrer en France. On sait qu'elle ne tarda pas à se présenter.

Parvenu à cette époque, je m'arrête et me borne à indiquer le plus succinctement qu'il m'est possible, ce que sont devenus les principaux personnages qui ont figuré dans ces *Mémoires*.

Adèle et mon tuteur sont rentrés dans l'obscurité, empressés comme tant d'autres de faire oublier ce qu'ils avaient été pendant quelque temps; et s'élevant dans l'occasion contre ceux qui attachent de l'importance aux anciens souvenirs. Au reste, M. Desbois a porté la raison jusqu'à ne pas reprendre sa femme, quoiqu'elle ait eu l'effronterie de le lui faire demander après son troisième divorce.

Vipérin, devenu long-temps l'un des plus verbeux soutiens de la dynastie impériale (ce qui n'est pas peu dire); avait obtenu, comme son cher ami, l'ex-curé Jumart, des places, des décorations et de plus le titre de baron de la Vipérinière. Ils vivent sur leurs terres; et quoique fermement persuadés, à ce qu'ils disent, que la plus noble politique consiste maintenant dans un oubli absolu du passé, ils ne laissent pas de gourmander de temps en temps, dans de petits *pamphlets*, ceux qu'ils appelent *ultra-royalistes*, *ultra-libéraux*, etc., etc.; en un mot, sans cesse attentifs à suivre la marche des événemens, pour leur profit particulier, ils sont encore ce qu'ils furent, ce que seront toujours les caméléons politiques.

M. Vincent de Forlise est mort ainsi que le bon M. de Sommeville, avec lequel j'avais entretenu une correspondance suivie. Celui ci a eu la consolation, avant de fermer les yeux, de pouvoir embrasser son gendre et son petit fils. Madame D'Amercourt, qui nous est venue voir quelquefois avec son époux et le gage unique de leur union, a toujours été reçue comme une bonne et ancienne amie.

Le respectable Harmand continue de prospérer dans son commerce. Il donne une existence agréable à sa famille, et dit que, si la paix dure, eût-il autant d'enfans qu'un patriarche, il ne serait pas inquiet de les rendre tous heureux.

Je n'ai pas cherché à savoir ce qu'était devenu Firmin. Mais un jour on dit devant moi qu'il était en Allemagne depuis plusieurs années, et attaché à une maison de négoce.

Le brave Franville est toujours notre pensionnaire. Plus d'une fois, en regardant Eléonore, à qui le temps a laissé presque tous ses attraits, il lui est venu quelques idées de mariage; mais il y a renoncé, d'après la certitude qu'elle ne voulait plus changer d'état. Comme il n'a que des parens éloignés, qu'il connaît à peine, il a déclare que son bien, devenu assez considérable par quelques successions, serait assuré à Louis et à Elisabeth, et qu'il leur en abandonnerait une partie le jour de leur mariage.

Il n'a pas beaucoup attendu cette époque. Désabusée de ses rêves, et ne possédant plus guère que ce qu'elle avait au temps où mourut son premier mari, Eléonore a eu l'inexprimable bonheur de presser enfin son cher fils sur son cœur maternel. Elisabeth était dès-lors une grande et belle demoiselle, qui me rappelait les charmes de sa mère dans les premiers temps de notre connaissance. Louis n'a pu la revoir sans éprouver pour elle une vive tendresse. Eléonore nous a demandé sa main pour son fils; et la seule objection a été celle d'Angélique. « Je suis persuadée que ma fille consentira avec joie à cette demande; mais nous ne voulons pas la marier contre son inclination. »

L'épreuve n'était pas douteuse, Elisabeth a rougi et donné son consentement, en cachant sa tête dans le sein de sa mère.

Alors un très-petit nombre d'amis, à la tête desquels il faut placer Franville, et Harmand venu exprès avec toute sa famille à Paris, ont assisté à une union formée sous les plus heureux auspices. La nôce s'est faite sans faste dans la maison de campagne de Boulogne, où Tom, marié depuis deux ans, est pour nous une espèce de concierge : ce qui ne l'empêche pas de cultiver des terres dans le voisinage. Il a eu le bon sens de préférer l'honorable état d'agriculteur à celui de laquais.

Le jour solennel s'est passé dans une joie douce et pure. Franville, couvert de glorieuses blessures, a fait aux jeunes époux le présent qu'il voulait leur offrir, et les a invités, tandis que la fiancée éprouvait un pudique embarras, à ne pas lui faire attendre long-temps le titre de parrain de leur premier enfant. Angélique, pressée par lui d'être la marraine, l'a prié en secret de s'adresser à Eléonore, et les choses sont ainsi arrangées.

Notre allégresse ne nous a point empêchés de songer à nos amis qui ne sont plus, ou pour mieux dire, leur souvenir a communiqué à la fête quelque chose de sacré. La mémoire de Lormeuil et de Vermont, celle de la jeune sœur de Louis, celles enfin de notre noble amie, de notre généreuse bienfaitrice Elisabeth de Forlise, et de son intéressant Théodore, ont été rappelées, honorées au milieu même du banquet nuptial. Louis Lormeuil, mon cher gendre, est officier de Dragons, et tout prêt à combattre, lorsqu'il le faudra, les ennemis de sa patrie, quels qu'ils puissent être. Franville applaudit à sa jeune ardeur, et lui a juré, en regardant l'épée, fidèle compagne de ses travaux guerriers, qu'il ne ferait pas sans lui de nouvelles campagnes. Je ne doute pas qu'il ne tienne cette parole, si l'occasion s'en présente, comme il a tenu toutes les autres.

Eléonore est si bien revenue aux goûts simples et purs qui ont rendu sa jeunesse heureuse, que le prochain salon n'aura pas lieu, sans qu'elle y expose plusieurs beaux ouvrages.

Pour moi, je me félicite plus que jamais d'avoir irrévocablement uni mon sort à celui d'Angélique. Nous avons, il est vrai, passé non seulement le printemps, mais aussi l'été de la vie; cependant le feu qui animait nos cœurs est loin d'être éteint. Dans le sein d'une honnête médiocrité, soumis aux lois, mais étrangers à la politique, chéris de nos enfans et de quelques amis éprouvés, nous sommes assez raisonnables pour ne désirer autre chose que la continuation d'une si douce existence.

FIN.

www.ingramcontent.com/pod-product-compliance
Lightning Source LLC
Chambersburg PA
CBHW061448030726
47503CB00005B/1624

* 9 7 8 2 0 1 9 5 6 8 1 9 1 *